Samuel Hellsworth

III

Fesseln
der Wollust

Adult Dark Fantasy

E·D BERG

Bibliografische Information der Deutschen Nationalbibliothek: Die Deutsche Nationalbibliothek verzeichnet diese Publikation in der Deutschen Nationalbibliografie; detaillierte bibliografische Daten sind im Internet über dnb.dnb.de abrufbar.

Verlag: BoD · Books on Demand GmbH, In de Tarpen 42, 22848 Norderstedt, bod@bod.de
Druck: Libri Plureos GmbH, Friedensallee 273, 22763 Hamburg
ISBN: 978-3-7693-2782-3

INHALT

KAPITEL 1:

EIN NEUER TAG

Ich erwache zu dem vertrauten Gefühl von Seide auf meiner Haut und der dunklen Süße einer Sünde, die mich umgibt wie ein unsichtbarer Schleier. Es ist 16:00 Uhr – eigentlich ein ungewöhnlicher Zeitpunkt, um den Tag zu beginnen, doch für mich könnte es nicht perfekter sein. Dies ist die Stunde, in der die Schatten sich langsam zu regen beginnen und meine Gedanken bereits vom Versprechen der Nacht erfüllt sind. Neben mir liegt Lysandra, in ihrer menschlichen Gestalt ein Bild von Perfektion. Doch ich sehe mehr. Ich sehe ihr wahres Ich, die dämonische Präsenz, die unter ihrer Haut lauert, wie ein Raubtier, das nur darauf wartet, entfesselt zu werden. Und ich muss zugeben, es gefällt mir. Nein, es fasziniert mich – auf eine Weise, die sowohl beunruhigend als auch unwiderstehlich ist.

Ich strecke eine Hand aus und lasse meine Finger spielerisch durch eine Strähne ihres dunklen Haares gleiten. Es fühlt sich an wie flüssige Nacht, und ich lächle, selbstzufrieden und besitzergreifend. »Guten Morgen, Schönheit«, sage ich mit einem Hauch von Ironie, denn wir beide wissen, dass es nicht wirklich ›Morgen‹ ist.

Ihre Augen öffnen sich langsam, jene Augen, die für die Außenwelt vielleicht als unschuldig durchgehen könnten. Aber ich weiß es besser. Ihre Iriden sind tief und endlos, wie der Abgrund selbst, in den ich bereitwillig blicke. »... Es ist Nachmittag, Sam ...«, erwidert sie, ihre Stimme eine Melodie aus Verführung und unterschwelliger Gefahr. Dieses Lächeln, das sie mir schenkt, ist das eines Jägers – und doch fühle ich mich nicht wie die Beute.

Ich lasse die Bettdecke achtlos von mir gleiten, setze mich auf und enthülle meine trainierte Brust, während ich mir einen Augenblick gönne, ihren Blick auf mir ruhen zu lassen. »Zeit«, beginne ich und schenke ihr mein markantestes Grinsen, »ist nur eine Illusion, wenn man in so außergewöhnlicher Gesellschaft ist wie Deiner.«

Sie lacht, und der Klang ist eine betörende Mischung aus Amüsement und Dunkelheit. Es ist ein Lachen, das sowohl ein Versprechen als auch eine

Warnung birgt. »Du bist so überzeugt von dir selbst, dass es fast entzückend ist«, sagt sie und zieht eine Augenbraue hoch, als wolle sie mich auf die Probe stellen.

»Fast?«, wiederhole ich, als wäre ich tief verletzt, wobei ich meine beste gespielte Empörtheit zur Schau stelle. »Ich bin das Beste, was dir je passiert ist – und das weißt du auch.« Ich lehne mich ein wenig näher zu ihr, genieße den flüchtigen Moment des Machtspiels, der zwischen uns in der Luft liegt.

Lysandra setzt sich auf, ihre Bewegungen geschmeidig wie die eines Raubtiers, das seine Muskeln dehnt, bevor es zum Sprung ansetzt. »Vielleicht«, flüstert sie, und ihre Lippen berühren meine in einem Kuss, der sanft beginnt, nur um eine gefährliche Intensität zu versprechen. »Aber vergiss nicht, dass ich viel mehr bin als nur ein hübsches Gesicht.«

Ich ziehe mich gerade so weit zurück, dass ich ihr direkt in die Augen sehen kann. »Wie könnte ich das vergessen?«, frage ich leise, als ob ihre Stärke jemals aus meinem Gedächtnis verblassen könnte. »Du bist eine Dämonin, eine Verführerin, eine …«

»… eine, die dir helfen kann, Asmodeus zu besiegen«, unterbricht sie mich mit einer Klarheit, die mir einen Moment lang den Atem nimmt. Ihr Tonfall ist ernst, und die Atmosphäre zwischen uns verändert sich – eine Erinnerung daran, dass unser Bündnis auf mehr basiert als auf reiner Lust.

Ich nicke langsam und lasse die Worte in mir widerhallen. »Du bist mehr als nur eine Hilfe ...« Doch meine Stimme wird weicher, fast spielerisch, als ich hinzufüge: »... ich kann mich wirklich nicht über die körperlichen Vorteile unserer Partnerschaft beschweren.«

Ich stehe auf und gehe zum Fenster, lasse meinen Blick über die Stadt schweifen, die unter dem trüben Tageslicht liegt. Bald, so weiß ich, wird die Dunkelheit zurückkehren, und mit ihr die Bühne für meinen nächsten Triumph. »Die Welt ist nicht bereit für das, was wir gemeinsam erreichen werden«, sage ich, mehr zu mir selbst als zu Lysandra. Hinter mir höre ich ihr leises, amüsiertes Lachen, und ich weiß, dass sie denselben Gedanken hegt.

»Sam, du musst vorsichtig sein«, sagt Lysandra, ihre Stimme rau und entschlossen, als ob sie die Schwere der Situation in jedem ihrer Worte trägt. Sie steht am Rande des Bettes, ihre Silhouette von einem Hauch dämonischer Energie umgeben. »Asmodeus ist nicht wie die anderen Dämonenprinzen, die du bisher besiegt hast. Er ist listiger, mächtiger ... und unberechenbar.«

Ich lache leise, eine Spur Arroganz in meinem

Tonfall, ohne meinen Blick vom Fenster abzuwenden. »Und ich bin Samuel Hellsworth«, erwidere ich kühl, »der mächtigste Dämonenjäger der Welt. Der Vernichter von Luzifer, der Bezwinger von Mammon. Glaubst du wirklich, ich hätte Angst vor einem weiteren Prinzen der Hölle?«

Ihr Blick bleibt auf mir haften, und ich spüre die Mischung aus Sorge und Frustration, die von ihr ausgeht. »Übermut kann tödlich sein«, warnt sie leise, doch mit Nachdruck.

Ich drehe mich langsam zu ihr um, die Silhouette meiner Gestalt von der Nachmittagssonne umrahmt. »Für einen gewöhnlichen Sterblichen vielleicht«, sage ich und lasse meine Stimme eine Spur härter klingen, »aber ich bin alles andere als gewöhnlich.«

Lysandra seufzt tief und erhebt sich, ihre Bewegungen so elegant, als würde die Schwerkraft sie nicht berühren. »Das ist es, was ich an dir bewundere, Sam. Aber es ist auch das, was mich an dir fürchten lässt. Deine Arroganz kennt wirklich keine Grenzen.«

Ich trete auf sie zu, ein selbstbewusstes Grinsen auf meinen Lippen. »Und deine Schönheit kennt auch keine«, entgegne ich und lasse meine Finger über ihren Arm gleiten, die Wärme ihrer Haut spürend. »Aber genug der düsteren Vorahnungen und Sorgen. Wir haben eine Welt zu retten, eine Hölle zu erobern und eine Nacht, die nur uns gehört.«

Sie schaut mich an, ein Lächeln, das gleichzeitig belustigt und besorgt wirkt, zieht über ihr Gesicht. »Du bist wirklich unverbesserlich, Sam«, murmelt sie, und ich sehe den Schatten in ihren Augen, der von etwas Tieferem spricht, einer Angst, die sie nicht auszusprechen wagt.

»Unverbesserlich, unwiderstehlich, unvergleichlich, unerschütterlich, unzähmbar«, zähle ich mit einer übertriebenen Geste auf, dabei meine Finger einzeln an meiner linken Hand abklappend. Schließlich ziehe ich sie in meine Arme, lasse meinen Griff fest und doch sanft sein. »Ja, das bin ich!«

Lysandra lacht, ein warmer, leiser Klang, der jedoch von einer Dunkelheit getragen wird, die ich nicht überhören kann. »Na schön, Sam«, sagt sie schließlich. »Dann lass uns sehen, ob du deinen Worten auch Taten folgen lassen kannst.«

»Zweifle nie an mir, Lys«, erwidere ich, meine Stimme ein Versprechen. Ich küsse sie, diesmal tiefer, leidenschaftlicher, als wolle ich die Unsicherheit aus ihrem Geist vertreiben. »Ich werde Asmodeus in die Knie zwingen, so wie ich es mit jedem anderen Gegner vor ihm getan habe.«

Als unsere Lippen sich voneinander lösen, sehe

ich in ihren Augen ein Funkeln, das mich innehalten lässt. Es ist eine Mischung aus Bewunderung und einer Sorge, die sie nicht ganz verbergen kann. »Ich hoffe es, Sam«, flüstert sie. »Für uns alle.«

Ich bin mir meiner Macht sicher, so sicher wie der Tag zur Nacht wird. »Vertrau mir, Lys. Ich habe das alles im Griff«, sage ich mit Überzeugung, während ich beginne, mich anzuziehen.

Doch tief in mir weiß ich, dass ihre Worte einen wahren Kern haben. Während ich meinen Gürtel anziehe, spüre ich das Flüstern in meinem Geist. Es ist wie ein Echo, das nie ganz verstummt, die Stimmen zweier gefallener Prinzen, deren Essenzen in mir leben. Luzifer, der Inbegriff des Stolzes, und Mammon, die Verkörperung der Gier, weben ihre dunklen Gedanken in die Ecken meines Verstandes.

»*Du bist mächtiger als je zuvor, Sam*«, flüstert Luzifer, seine Stimme wie ein seidiger Strom von Überzeugung. »*Die Welt liegt dir zu Füßen. Du bist besser, erhabener als jeder andere um dich herum!*«

»*Denk an alles, was du haben könntest*«, lockt Mammon, sein Tonfall schneidend und gierig. »*Reichtum, Macht, Kontrolle ... und mehr als du dir je erträumt hast. Nimm es dir, Sam. Es gehört dir!*«

Ich lächele in den Spiegel, lasse meinen Blick über die Züge meines Gesichts gleiten – scharf, entschlossen, makellos. Jede Linie, jeder Schatten erzählt eine Geschichte, jede Narbe spricht von einem Sieg. Ich sehe das Spiegelbild eines Mannes, der alles erreicht hat, was andere für unmöglich hielten. »*Ach, seid still*«, sage ich in Gedanken zu den beiden Stimmen, die unaufhörlich flüstern. »*Als ob ich daran erinnert werden müsste, wer ich bin.*«

Doch sie lassen sich nicht so leicht zum Schweigen bringen.

»*Aber du nutzt uns nicht genug*«, drängt Luzifer, seine Stimme wie Samt, durchtränkt mit einem Hauch von Spott. »*Du könntest Könige stürzen, Imperien errichten. Du könntest die Welt formen, wie es dir beliebt. Die Macht steckt in uns, Samuel. Und sie steckt nun auch in dir.*«

»*Und nicht zu vergessen: Du könntest jeden Schatz der Welt besitzen*«, fügt Mammon hinzu, sein Tonfall seidig und verführerisch. »*Gold, Juwelen, Frauen, Macht – es gibt nichts, was deiner Stärke widerstehen könnte. Warum begnügst du dich mit so wenig?*«

Ich lasse ihren Worten einen Moment Raum, doch nicht, weil ich ihnen zustimme, sondern weil ich weiß, dass sie es erwarten. Dann drehe ich mich langsam vom Spiegel weg, meine Bewegungen bedächtig, fast theatralisch, und gehe zurück zum

Fenster. Ich blicke hinaus auf die Welt, die sich unter mir erstreckt, und meine Stimme wird zu einem leisen, kalten Murmeln: »*Prinzen der Hölle in meinem Kopf, und dennoch denkt ihr, ihr könntet mich kontrollieren? Ich benutze euch, nicht umgekehrt.*«

Für einen Moment herrscht Stille. Doch Luzifer, wie immer unnachgiebig, flüstert erneut: »*Aber wir könnten so viel mehr sein. Gemeinsam, Samuel. Gemeinsam könnten wir alles erreichen, was deine kühnsten Träume übersteigt. Warum diese Kraft vergeuden?*«

Ich wende mich scharf um, meine Augen funkeln, und ich unterbreche ihn mit einer Stimme, die wie Stahl klingt: »Gemeinsam? Ich arbeite mit niemandem zusammen. Ich bin ein Einzelgänger. Ein Jäger. Ihr seid nichts weiter als Werkzeuge in meinem Arsenal.« Ich trete näher an den Spiegel heran, sehe mein eigenes Spiegelbild wieder, sehe die Gewissheit in meinen Augen. »Mächtige Werkzeuge, das gebe ich zu, aber dennoch nur Werkzeuge.«

Lysandra unterbricht meinen inneren Dialog, ihre Stimme schneidet durch die Spannung in meinem Kopf. »Sam? Was ist los? Mit wem redest du da?« Ich werfe ihr einen kurzen Blick über die Schulter, ein leichtes Grinsen auf meinen Lippen, bevor ich mich wieder dem Spiegel zuwende. »Nur mit den Stimmen in meinem Kopf, Süße. Die Seelen, die ich in mir trage, versuchen mal wieder, mich in Versuchung zu führen.«

Ich lasse die Worte einen Moment in der Luft hängen, drehe mich dann vollständig zu ihr um, mein Blick hart, aber voller Selbstvertrauen. »Aber keine Sorge. Ich bin stärker als sie. Sie gehören mir. Nicht umgekehrt.«

Ich wende mich wieder dem Spiegel zu und sage entschieden »Ich habe Wichtigeres zu tun, als mit euch zu streiten. Die Welt wartet nicht, und Asmodeus wird sich nicht selbst besiegen.«

Ich gehe zur Tür und während ich nach dem Türgriff greife, drehe ich meinen Kopf leicht und sage »Lys, ich hoffe doch, dass du heute Nacht wieder hier bist.«

»Wenn du ins Bett gehst, nennen es andere Leute ›Morgen‹, Sam«, erwidert sie trocken. »Aber ja, ich werde da sein. Vielleicht. Es sei denn, die Hölle ruft.«

Ich schmunzle, aber bevor ich die Tür öffne, fügt sie hinzu: »Aber können wir vorher noch zusammen einen Kaffee trinken?«

»Das klingt fast zu normal für uns, aber sicher. Lass uns gehen.«

KAPITEL 2:

DIE VERSUCHUNG

Wir verlassen meine Wohnung und tauchen ein in das sanfte Chaos der Stadt. Die Stimmen in meinem Kopf – Luzifer und Mammon – sind nun still, aber ihre Präsenz bleibt spürbar, wie ein Echo, das nie ganz verschwindet. Sie lauern, beobachten, warten. Doch ich bin mir sicher: Heute haben sie keinen Platz in meinen Gedanken. Meine Entschlossenheit hält sie zurück, wie Ketten, die ich um sie geschlungen habe. Sie mögen mächtig sein, aber ich bin mächtiger.

Wir schlendern durch die Straßen, während die Stadt sich um uns herum entfaltet. Neonlichter werfen verzerrte Schatten auf das Pflaster, und die Luft ist erfüllt vom Summen der Stimmen, dem Knattern der Motoren und der scharfen Süße von geröstetem

Kaffee. Ich merke, wie die Welt um mich herum sich verändert hat. Die Dinge, die mir einst Freude bereitet haben – die Genüsse der Welt, die kleinen Freuden des Alltags – fühlen sich dumpf, fern an. Sogar der Kaffee, einst mein treuer Begleiter in langen Nächten, schmeckt nicht mehr so, wie er es früher tat.

Trotzdem führe ich Lysandra zielstrebig zum ›Café Noir‹, einem kleinen, eleganten Laden, dessen Fensterfront einladend leuchtet. Früher war dies mein Lieblingsort, eine Art Zufluchtsstätte inmitten des städtischen Tumults. Doch jetzt gehe ich eher aus Gewohnheit hin. Der Geschmack des Kaffees hat sich für mich verändert, und ich weiß nicht, ob es der Kaffee selbst ist oder ich. Vielleicht trinke ich ihn nur noch, weil ich glaube, dass er mich an die Normalität bindet.

Lysandra hingegen scheint von der Idee begeistert. Ich habe sie in den wenigen Tagen, die wir bisher zusammen verbracht haben, in meinen kleinen Morgenritualen geschult, und sie hat sich mit alarmierender Geschwindigkeit daran gewöhnt. Ihre Begeisterung für Kaffee ist fast süß, wenn man bedenkt, dass sie eine Dämonin ist.

Als wir das Café betreten, merke ich sofort, wie die Blicke auf uns fallen. Es ist fast wie ein elektrischer Impuls, der durch den Raum zuckt. Ich weiß, dass sie mich ansehen – neugierig, fasziniert, vielleicht sogar ehrfürchtig. Es war schon immer so, und ich habe gelernt, diese Aufmerksamkeit zu genießen, auch wenn ich sie nicht suche. Lysandra bemerkt es ebenfalls, aber sie ignoriert es mit der Anmut eines Wesens, das an viel größere Bedrohungen gewöhnt ist.

Ich gehe zur Theke und bestelle uns beiden einen vierfachen Espresso. Stark, schwarz wie die Nacht – genau so, wie ich ihn mag. Während der Barista die Bestellung zubereitet, fühle ich, wie Lysandra mich beobachtet, ihre Augen wachsam und belustigt zugleich.

»Ein vierfacher Espresso?«, fragt sie schließlich, als wir uns an einen abgelegenen Tisch in der Ecke setzen. »Du bist wirklich kein Mann für halbe Sachen.«

»Ich mache nichts halbherzig, Lys«, erwidere ich mit einem schiefen Grinsen und schiebe ihr eine der Tassen zu. »Außerdem brauchst du etwas Starkes, um mit mir mitzuhalten.«

Sie lacht leise, ein Klang, der sich in den Trubel des Cafés mischt, aber dennoch heraussticht. Es ist ein Lachen, das sowohl echt als auch gefährlich ist, das mich anzieht und gleichzeitig warnt.

Ich lehne mich zurück und betrachte sie. Das Licht des Cafés fällt weich auf ihr Gesicht, hebt die feinen Züge hervor, die sowohl menschlich als auch übernatürlich erscheinen. Für einen Moment verliere ich mich in dem Gedanken, wie unwahrscheinlich es ist, dass sie hier sitzt, mit mir. Eine Dämonin, die eigentlich auf der anderen Seite stehen sollte, ist jetzt meine Verbündete – vielleicht sogar mehr als das.

Lysandra bemerkt meinen Blick und ein verführerisches Lächeln huscht über ihre Lippen. »Sam, wenn du mich so ansiehst, könnte ich fast denken, du hast mehr im Sinn als nur Kaffee.«

Ich lache leise, lehne mich zurück und nehme einen Schluck von meinem Espresso. »Vielleicht«, sage ich beiläufig, »oder vielleicht genieße ich einfach nur die Aussicht.«

Sie neigt den Kopf leicht zur Seite, und ihre Augen glitzern gefährlich. »Oh, ich denke, du genießt sie mehr, als du zugeben willst.« Bevor ich antworten kann, lässt sie ihre Hand unauffällig unter den Tisch gleiten.

Ich spüre wie ihre Hand unter den Tisch gleitet und auf meinem Oberschenkel ruht. Meine Muskeln spannen sich an, doch ich lasse mir nichts anmerken.

»Lys«, beginne ich warnend, doch meine Stimme verrät mich.

Ihre Finger wandern weiter, gleiten leicht über

den Stoff meiner Hose. Mein Atem stockt, und ich versuche, ruhig zu bleiben. Der Gedanke, dass jemand uns entdecken könnte, ist gleichermaßen nervenaufreibend und berauschend.

»Entspann dich«, flüstert sie, ihr Gesicht näher an meines. »Du hast gesagt, du magst keine halben Sachen. Warum also jetzt damit anfangen?«

Bevor ich reagieren kann, spüre ich, wie ihre Finger zielstrebig den Reißverschluss meiner Hose öffnen. Die Bewegung ist so geschickt, dass es kaum ein Geräusch gibt, und ich bin mir sicher, dass niemand im Raum etwas bemerkt. Mein Atem beschleunigt sich, mein Herz schlägt schneller, und mein Puls hämmert in meinen Ohren. Ich wage nicht, mich zu bewegen, gefangen zwischen dem Nervenkitzel des Moments und dem Adrenalinstoß, der durch meinen Körper rauscht.

Lysandra hält inne, gerade lange genug, um mir einen Blick zuzuwerfen, der mehr sagt, als Worte es könnten. Ihre Augen funkeln vor Provokation, während ihre Hand langsam und sicher nach innen gleitet. Mit geschmeidiger Eleganz schiebt sie den Stoff meiner Boxershorts zur Seite, ihre kühle Berührung ein scharfer Kontrast zu meiner erhitzten Haut. Es raubt mir für einen Moment den Atem.

Mit der Präzision, die ihr in allem eigen ist, zieht

sie ihn sanft aus meiner Hose. Ihre Finger umschließen ihn, fest und doch sanft, und ihre Lippen kräuseln sich zu einem kaum merklichen Lächeln, als sie spürt, wie mein Körper sofort auf sie reagiert. Ihr Griff ist sicher, ihre Bewegungen geschmeidig, als hätte sie diesen Moment sorgfältig geplant. Langsam, fast quälend, beginnt sie, ihre Hand in einem gleichmäßigen Rhythmus gleiten zu lassen, jeder ihrer Bewegungen so gezielt, dass sie die Kontrolle übernimmt, noch bevor ich es realisiere.

Ich lehne mich leicht nach vorn, um den Vorgang unter dem Tisch zu verbergen, doch mein Blick wandert unruhig durch den Raum. Niemand scheint etwas zu bemerken – oder sie tun zumindest so. Die anderen Gäste sind in ihre Gespräche vertieft, ihre Aufmerksamkeit weit entfernt von dem sündigen Schauspiel, das sich in ihrer Mitte abspielt. Doch der Nervenkitzel, die Möglichkeit entdeckt zu werden, zieht sich wie ein elektrischer Strom durch meinen Körper.

»Lys«, zische ich leise und beuge mich zu ihr, meine Stimme ein heiseres Flüstern. »Du bist absolut verrückt.«

Ihre Lippen kommen meinem Ohr so nahe, dass ich ihren Atem spüren kann. »Das ist doch der Reiz daran, nicht wahr?«, murmelt sie. Ihre Stimme ist honigsüß, verführerisch und voller Macht. Sie bewegt ihre Hand geschickter, ihr Tempo leicht erhöht, ihre Berührungen so präzise, dass sie mich direkt an den Rand treibt, ohne mir auch nur einen Moment der Kontrolle zu lassen.

Ich presse die Lippen zusammen, kämpfe darum, die Fassung zu bewahren, doch sie kennt genau die Knöpfe, die sie drücken muss, um mich zu zerlegen. Mein Körper ist angespannt, jede Faser steht unter Hochspannung, während ich gegen die Lust ankämpfe, die in mir tobt. Doch sie genießt dieses Spiel, das weiß ich. Der Ausdruck auf ihrem Gesicht sagt mehr, als Worte es jemals könnten – sie hat gewonnen, und sie weiß es.

Ihr Griff wird fester, ihre Bewegungen unerbittlich. Ich spüre, wie der Druck in mir seinen Höhepunkt erreicht. Der Punkt, an dem es kein Zurück mehr gibt, kommt schneller, als ich es zugeben möchte. Meine Hände krallen sich in die Tischkante, und ich schließe die Augen, als mein ganzer Körper bebt und sich schließlich der Welle der Lust ergibt. Der Raum verschwimmt um mich herum, meine Sinne sind einzig auf sie fixiert.

Lysandra zieht ihre Hand zurück, langsam und mit einer Selbstverständlichkeit, die fast spöttisch wirkt. Ein leises, kaum hörbares Geräusch, als sie meinen Reißverschluss wieder schließt. Ich öffne die Augen gerade rechtzeitig, um zu sehen, wie sie ihre Hand anhebt, die Finger mit einer provokanten Eleganz an ihren Lippen entlangführt. Ihre Zunge gleitet über ihre Haut, um jeden Tropfen zu kosten, ihre Augen auf mich gerichtet, voller Dunkelheit und Versprechen. Es ist ein Moment, der so sündhaft ist, dass selbst ich – der schon alles gesehen hat – kurz sprachlos bin.

Dann lehnt sie sich zurück, nimmt den letzten Schluck ihres Espressos, als sei nichts gewesen, und steht auf. Mit einer grazilen Bewegung streicht sie ihr Kleid glatt und wirft mir ein vielsagendes Lächeln zu. »Bis morgen früh?«, fragt sie beiläufig, als sei das hier nur ein weiterer gewöhnlicher Moment zwischen uns.

Ich nicke ihr zu, finde meine Stimme nicht, während sie sich umdreht und langsam davongeht. Meine Augen folgen ihren Bewegungen, fließend und elegant wie immer, jeder Schritt ein stilles Versprechen ihrer Überlegenheit. Selbst jetzt, nach allem, was gerade passiert ist, wirkt sie makellos. Sie weiß genau, welche Wirkung sie hat – auf mich, auf jeden.

Kurz schaue ich nach unten, kontrolliere meine Hose, nur um sicherzugehen, dass alles wieder dort ist, wo es hingehört. Natürlich ist es das. Sie hat alles perfekt arrangiert, einschließlich des Reißverschlusses, als hätte sie mich auf eine bizarre Weise ganz nebenbei noch in Form gebracht. Ich atme tief ein und schüttele den Kopf. »Du bist wirklich verrückt«, murmele ich zu mir selbst und greife nach meiner Tasse. Aber sie hat recht. Es war … ein dämonischer Kick.

Ich lehne mich zurück, die Tasse zwischen meinen Fingern, und lasse meinen Blick noch einmal durch den Raum gleiten. Die Gäste sitzen weiter an ihren Tischen, vertieft in Gespräche, Smartphones oder dampfende Getränke. Niemand scheint uns bemerkt zu haben. Kein misstrauischer Blick, kein aufgeregtes Flüstern. Oder vielleicht sind sie einfach gut darin, so zu tun, als hätten sie nichts gesehen. Ein leises Lächeln stiehlt sich auf mein Gesicht. Menschen. Sie bemerken nie, was direkt vor ihnen liegt.

Ich nehme einen weiteren Schluck und lasse die Bitterkeit des Espressos auf meiner Zunge zergehen. Der Moment der Ruhe sollte befriedigend sein, doch ein merkwürdiges Gefühl kriecht in mir hoch, wie ein unsichtbarer Blick, der mich trifft, ohne dass ich ihn sehe. Als ich aufblicke, fällt mir ein Mann auf, der gerade den Laden betreten hat. Und er schaut direkt zu mir.

Er bleibt einen Moment stehen, als würde er mich einschätzen, und dann setzt er sich in Bewegung. Sein Schritt ist ruhig, selbstbewusst, aber nicht zu locker. Seine Kleidung ist unauffällig – dunkle Jeans, ein grauer Mantel –, doch etwas an ihm schreit, dass er nicht hierher gehört. Er ist etwa fünfzig, mit einem scharfen, durchdringenden Blick, der sich fest in meine Augen zu bohren scheint, selbst aus der Distanz. Seine gesamte Präsenz trägt etwas an sich, das ... anders ist. Nicht dämonisch, aber auch nicht ganz menschlich.

Ich lasse meine Tasse langsam sinken, während er sich mir nähert, jede Bewegung sorgfältig beobachtend. Mein Verstand arbeitet, aber keine Theorie passt zu dem, was mein Instinkt mir sagt. Wer oder was ist er? Ich richte mich unmerklich auf, bereit für alles, während der Mann ohne zu zögern an meinem Tisch stehen bleibt.

»Samuel Hellsworth, nicht wahr?«, fragt er, als er bei mir ankommt.

»Korrekt«, antworte ich mit einem selbstsicheren Lächeln. »Und du bist?«

»Caleb«, sagt er und setzt sich, ohne auf eine Einladung zu warten. »Ich habe viel über dich gehört.«

»Nur Schlechtes, hoffe ich«, erwidere ich, während ich einen weiteren Schluck nehme. Irgendwie wirklich eklig dieser Kaffee, die hatten doch bisher immer so gute Bohnen ...

»Das kommt darauf an, wen man fragt«, sagt Caleb. »Du bist ziemlich bekannt in gewissen Kreisen.«

»Ich nehme an, du meinst die Kreise der Dämonen«, sage ich, lehne mich in meinem Stuhl zurück und verschränke die Arme. »Und was bringt dich zu mir? Willst du Autogramme? Ratschläge? Oder bist du nur hier, um mir zu sagen, wie gefährlich mein Lebensstil ist?«

Caleb lächelt leicht. »Nein, nichts dergleichen. Ich bin nur fasziniert von deiner Arbeit. Dämonenjäger zu sein ist kein gewöhnlicher Beruf.«

»Es ist mehr als ein Beruf. Es ist eine Berufung. Ein Schicksal.«

»Und du glaubst, du bist dem gewachsen?«, fragt er, sein Blick durchdringend.

»Ich weiß, dass ich es bin«, antworte ich selbstbewusst. »Ich habe Dinge getan, von denen die meisten Menschen nicht einmal träumen könnten. Ich habe Dämonen besiegt, die älter sind als diese Stadt.«

»Und was hat dich dazu gebracht? Was treibt dich an, gegen diese Kreaturen zu kämpfen?«

»Ein Mann muss tun, was ein Mann tun muss«, antworte ich vage.

»Und ich bin der Beste in dem, was ich tue.«

Caleb beobachtet mich einen Moment lang schweigend. »Du trägst eine schwere Last, Samuel. Ich hoffe, du bist dir der Konsequenzen deiner Taten bewusst.«

»Ich mache mir keine Sorgen um Konsequenzen. Ich mache mir nur Sorgen um Ergebnisse. Und bisher sind meine Ergebnisse ziemlich beeindruckend.«

»Möge das so bleiben«, sagt Caleb und steht auf. »Es war interessant, dich zu treffen, Samuel. Pass auf dich auf.«

»Immer«, erwidere ich. Ich trinke den letzten Schluck von meinem Espresso und mache mich gerade bereit aufzustehen, als er beginnt. »Ich war früher Priester«. Ich kann nicht anders, als zu lauthals loszulachen.

»Ein Priester, der sich mit einem Dämonenjäger unterhält? Das muss eine interessante Beichte abgeben«, spotte ich.

Caleb ignoriert meinen Spott. »Ich habe den Glauben nicht ganz verloren, aber ich habe die katholische Kirche verlassen. Viel zu viel Heuchelei, viel zu viel Schmerz. Viel zu viele leere Phrasen ...«

»Na das kann ich nur bestätigen ... und jetzt? Was machst du jetzt? Dämonen exorzieren in deiner Freizeit?«, frage ich, halb amüsiert, halb interessiert.

»Ich suche nach der Wahrheit«, antwortet er ernst. »Nach Erlösung, nicht nur für mich, sondern für alle, die verloren sind.«

»Erlösung, hm?«, frage ich, während ich mit der leeren Tasse spiele. »Ich jage Dämonen, weil es spannend ist und mir Spaß macht ... nicht um Erlösung zu finden.«

»Aber glaubst du an Sünde, Samuel? An die Notwendigkeit der Erlösung?«

»Definitiv nein. Sünde ist nur ein Wort, das Menschen benutzen, um sich für das zu schämen, was sie wirklich wollen«, erwidere ich. »Und Erlösung«, ich verziehe angewidert mein Gesicht. »das ist nur ein Märchen für die Schwachen ...«

»Du unterschätzt die Macht des Glaubens. Er kann Berge versetzen, Herzen heilen.«

»Und er kann Kriege auslösen und Leben zerstören«, kontere ich. »Sieh dich um, Caleb. Die Welt ist voller Glaubenskriege, voller Leid. Wo ist deine Erlösung da? Wo ist dein Gott da?«

»Gott ... die Erlösung liegt in jedem Einzelnen von uns. In der Entscheidung, das Richtige zu tun, auch wenn es schwer ist.«

»Das Richtige, hm?«, sage ich und stehe auf. »Ich mache, was nötig ist. Das ist mein ›Richtig‹.«

»Das ist ein einsamer Weg, Samuel«, warnt Caleb.

»Einsamkeit ist der Preis der Macht«, erwidere ich selbstsicher.

»Oder der Preis der Arroganz«, gibt Caleb zurück.

Ich lächele kalt. »Arroganz, Macht – zwei Seiten derselben Medaille.«

»Du könntest so viel mehr sein, Samuel. Du könntest ein strahlendes Licht in dieser Dunkelheit sein, nicht nur ein Jäger im Schatten.«

»Ich bin genau das, was ich sein will«, sage ich und gehe zur Tür. »Ein Jäger. Ein Kämpfer. Ein Sieger.«

»Ich hoffe, du findest, wonach du suchst, Samuel«, ruft mir Caleb nach, als ich das Café verlasse.

»Ich habe bereits gefunden, was ich suche«, murmele ich in mich hinein, während ich in die Sonne hinaustrete. »Macht, Stärke, Unabhängigkeit. Was könnte es Besseres geben?«

Calebs Worte hallen jedoch in meinem Kopf nach, aber ich schüttele sie ab. Ich brauche keine Erlösung, keinen Glauben. Ich habe meine Fähigkeiten, meine Stärke und die Stimmen von Luzifer und Mammon, die mir den Weg weißen. Das ist alles, was ich brauche ... was ich je brauchen werde!

Ich drehe mich an der Tür um und schaue Caleb an, der immer noch an meinem Tisch sitzt. Etwas in seinem Blick hält mich fest. »*Ach verdammt ...*« Ich gehe zurück und setze mich wieder neben ihn.

»Du sprichst von Erlösung, Caleb. Aber was weißt du über Dämonen? Über die wahre Dunkelheit?«, frage ich, meine Stimme von Skepsis durchdrungen.

»Mehr als du denkst«, antwortet er ruhig. »Die Kirche mag ihre Fehler haben, aber sie kennt sich mit Dämonologie aus. Und ich habe in meiner Zeit als Priester einiges gelernt.«

»Ach ja? Und was würdest du tun, wenn du einem Dämon gegenüberstehst? Beten?«

»Manchmal ist das stärkste Waffenarsenal nicht das, was du in der Hand hältst, sondern das, was du im Herzen trägst«, erwidert Caleb.

»Das klingt wie aus einem schlechten Film. Glaubst du wirklich, dass Liebe und Glaube einen Dämon besiegen können? Das sind dunkle Kreaturen, die dich mit ihren bloßen Klauen in der Luft zerreißen können.«

»Ich glaube, dass es mehr gibt als nur physische Stärke, Samuel. Dämonen sind Meister der Irreführung. Sie spielen mit deinem Verstand, deinen Ängsten, deinen Wünschen.«

»Und du denkst, du kannst mir helfen, sie zu be-kämpfen?«, frage ich, halb amüsiert, halb heraus-fordernd.

»Ich biete keine Hilfe an. Ich biete Begleitung. Einen anderen Blickwinkel.«

»Begleitung, hm?«, wiederhole ich, während ich nachdenke. »Das klingt weniger nach Mitleid.«

»Es ist kein Mitleid, Samuel«, erwidert Caleb. »Es ist das Angebot einer Partnerschaft, auf glei-cher Augenhöhe.«

»Du bist wirklich hartnäckig, das gebe ich zu. Und vielleicht … vielleicht könnte es interessant sein, einen ehemaligen Priester an meiner Seite zu haben.«

»Also, einigen wir uns auf Begleitung?«

»Nun gut. Einverstanden«, sage ich und stehe erneut auf. »Aber erwarte nicht, dass ich dir folge. Ich bin der Anführer in diesem Spiel.«

»Das würde ich nie infrage stellen«, erwidert Caleb mit einem leichten Lächeln.

Ich ziehe mein Handy heraus und öffne meinen eigenen Kontakt um ihm meine Nummer zu geben. »Hier. Für den Fall, dass ich einen interessanten ›Auftrag‹ habe. Der nächste Dämon auf meiner Liste ist Asmodeus.«

Calebs Augen weiten sich. »Asmodeus? Der Prinz der Hölle, der Erzdämon der Wollust?«

»Genau der. Das wird kein gewöhnlicher Kampf. Aber ich bin kein gewöhnlicher Jäger.«

»Das ist sicher«, sagt Caleb und nimmt sein Handy, um meine Nummer zu speichern. »Ich werde bereit sein, wenn du mich brauchst.«

»Wir werden sehen. Bis dann, Caleb. Pass auf dich auf.«

»Das Gleiche gilt für dich, Samuel«, antwortet er.

Der restliche Nachmittag verstreicht ereignislos, eine seltene Ruhe in meinem sonst so chaotischen Leben. Als die Sonne untergeht, mache ich mich auf den Weg, um ein paar niedere Dämonen zu erledigen. Ein Kinderspiel für jemanden wie mich. Sie sind kaum eine Herausforderung, eher eine lästige Pflicht, die ich mit der gewohnten Effizienz und Arroganz erledige.

Es ist mittlerweile bereits 04:00 Uhr morgens, als ich in meine Wohnung zurückkehre. Die Stadt schläft, aber ich bin hellwach, meine Sinne geschärft von der nächtlichen Jagd. Ich öffne die Tür und finde Lysandra, wie erwartet, in meinem Bett. Sie sieht atemberaubend aus, selbst in ihrer menschlichen Gestalt, eine perfekte Mischung aus Unschuld und Sünde.

»Du bist spät dran«, begrüßt sie mich mit einem verführerischen Lächeln, als ich das Zimmer betrete.

»Die Arbeit eines Dämonenjägers ist nie getan«, erwidere ich und ziehe mein Hemd aus.

Sie beobachtet mich, ihre Augen funkeln im schwachen Licht. »Und? Wie viele hast du heute Nacht erledigt?«

»Ein paar unwichtige Kreaturen«, sage ich und setze mich auf die Bettkante. »Nichts, was meiner wahren Stärke würdig wäre.«

Lysandra setzt sich auf und streicht mir über die Brust. »Du brauchst eine richtige Herausforderung. Etwas, das dich wirklich fordert.«

»Das werde ich bald haben«, sage ich und denke dabei an Asmodeus. »Aber jetzt ...«

»... jetzt brauchst du etwas anderes«, unterbricht sie mich und zieht mich zu sich.

Ich lasse mich fallen, lasse mich von ihr und dem Moment mitreißen. Unsere Lippen treffen sich in einem wilden, leidenschaftlichen Kuss, der alles andere in den Schatten stellt. Ich spüre ihre Nähe, ihre Wärme, ihre Energie, die sich mit meiner vermischt.

»Du bist unglaublich«, flüstere ich, als wir uns einen Moment trennten, um Luft zu holen.

»Du auch«, erwidert sie und küsst mich erneut.

Unsere Hände erkunden einander, forschend, fordernd, während wir uns in der Hitze des Moments verlieren. Ich spüre, wie die beiden Dämonenseelen in mir schon wieder aufleben, angetrieben durch die Nähe zu Lysandra. Luzifer und Mammon, die in meinem Inneren ruhen, scheinen durch die Intimität noch mächtiger zu werden.

»Du machst mich stärker ...«

»Das ist die Macht der Wollust«, sagt sie mit einem Lächeln. »Sie kann zerstören, aber sie kann auch stärken.«

»Ich wähle Stärke«, sage ich und küsse sie wieder, tiefer, intensiver.

Wir verlieren uns in der Nacht, ein Tanz aus Verlangen und Macht, der nur enden kann, wenn keiner von uns beiden mehr in der Lage ist, sich zu bewegen. Und ja, wir haben Sex. Aber nicht irgendeinen Sex. Nein. Lysandra ist eine Dämonin, und wenn ich sage, dass sie gut ist, dann meine ich, dass sie eure gesamten erotischen Träumereien wie den billigen Plot eines schlechten Films aussehen lässt.

Ich werde euch aber jetzt keine Details liefern. Ich habe euch im Café schon mehr als genug gezeigt, wozu diese Dämonin fähig ist. Diesen Moment hier behalte ich für mich. Nicht, weil ich schüchtern bin – sondern weil ich ihn in Gänze genießen will, ohne ihn für euch in Worte zu zerlegen.

Also, tut mir einen Gefallen: Lasst eurer Fantasie einfach freien Lauf.

Am Ende, als wir schließlich nebeneinander liegen, erschöpft und zufrieden, spüre ich etwas, das ich selten zulasse. Dies ist mehr als nur eine körperliche Verbindung. Lysandra ist ein Teil von etwas Größerem geworden. Ein Teil meiner Welt, ein Teil meines Krieges. Und obwohl ich mir das nur ungern eingestehe – vielleicht ist sie ein Teil von mir, den ich mehr brauche, als ich dachte.

»Du bist einzigartig, Sam.« haucht sie mir zu, während sie mit meinen Haaren spielt.

»Das habe ich dir schon immer gesagt«, antworte ich mit einem selbstgefälligen Lächeln.

Sie schmiegt sich an mich. »Und du hörst nie auf, es zu beweisen.«

»Warum sollte ich auch? Ich habe keine Angst vor Herausforderungen, egal in welcher Form sie kommen.«

»Das ist gut. Denn ich glaube, es warten noch viele Herausforderungen auf dich.«

»Ich bin für alles bereit!«, sage ich und schließe meine Augen, die Gedanken an Asmodeus und die kommenden Kämpfe in meinem Kopf. Mit Lysandra an meiner Seite fühle ich mich unbesiegbar, bereit, jeder Herausforderung zu begegnen, die das Schicksal für mich bereithält.

In der Stille des Morgengrauens, als die Welt noch im Schlummer liegt, bricht Lysandra das Schweigen. Ihr Ton ist ernst, eine Seltenheit bei ihr.

»Sam, ich muss dir etwas über Asmodeus erzählen«, beginnt sie, während sie sich aufsetzt.

Ich drehe mich zu ihr, mein Interesse ist geweckt. »Asmodeus? Was ist mit ihm?«

»Er hat einen Plan«, sagt sie. »Einen gefährlichen. Er will die Welt in sündige Versuchung stürzen. Und er hat ein Artefakt erlangt, das ihm dabei helfen wird.«

»Ein Artefakt?«, wiederhole ich, während ich die Implikationen überdenke. »Das hattest du schon einmal erwähnt. Was ist das für ein Artefakt?«

»Es ist uralt, mächtig und überaus dunkel«, erklärt sie. »Es hat die Kraft, die tiefsten Begierden der Menschen zu wecken und sie zu kontrollieren.«

Ich setze mich auf, mein Interesse nun vollends geweckt. »Und du denkst, ich sollte mich darum kümmern?«

»Ich denke, du bist der Einzige, der es kann«, sagt sie ernst. »Du hast die Kraft, Sam. Du hast Luzifer und Mammon besiegt. Asmodeus ist stark, aber du … du könntest stärker sein.«

Ich lächele selbstgefällig. »Natürlich bin ich

stärker. Aber warum sollte ich mich in diesen Kampf stürzen? Was ist, wenn ich einfach weitermache wie bisher?«

»Weil du mehr bist als nur ein Jäger«, sagt sie und sieht mir tief in die Augen. »Du bist ein Beschützer. Und die Menschheit braucht dich jetzt.«

Ich seufze theatralisch. »Die Menschheit, immer die Menschheit. Manchmal frage ich mich, ob sie es überhaupt verdient, gerettet zu werden.«

»Vielleicht nicht. Aber das ist nicht die Frage. Die Frage ist, was du für richtig hältst.«

Ich stehe auf und gehe zum Fenster, blicke hinaus auf die langsam erwachende Stadt. »Ich bin hin- und hergerissen, Lys. Zwischen dir, dieser Verbindung, die wir haben, und meinem Pflichtgefühl, die Welt zu retten.«

»Du musst keine Wahl treffen, Sam«, sagt sie und kommt zu mir. »Ich bin hier, an deiner Seite. Wir können das zusammen machen.«

»Zusammen, hm?«, sage ich und drehe mich zu ihr um. »Das klingt ... so bekannt ... aber aus deinem Mund klingt es nicht einmal so schlecht ...«

KAPITEL 3:

DIE SÜNDIGE STADT

Zwei Tage nach meinem Gespräch mit Lysandra klingelt mein Handy. Caleb. Ich nehme das Gespräch an, während ich durch meine Wohnung schlendere.

»Samuel, ich habe Neuigkeiten über Asmodeus«, sagt Caleb, seine Stimme klingt dringlich.

»Ich höre«, antworte ich, während ich mir eine Zigarre anzünde.

»Ich habe herausgefunden, dass eine ganze Stadt unter seinem Einfluss steht. Es ist, als hätte er sie mit seiner Wollust infiziert«, erklärt Caleb.

»Eine ganze Stadt?«, wiederhole ich und blase Rauchringe in die Luft. »Das klingt nach einem Fall für mich.«

»Es ist ernst, Samuel. Die Menschen dort sind

nicht sie selbst. Sie sind … verändert«, sagt Caleb.

»Verändert, wie?«, frage ich, neugierig trotz meiner üblichen Arroganz.

»Sie sind ihren tiefsten Begierden erlegen. Die Stadt ist ein Sündenpfuhl geworden«, erklärt er.

»Klingt, als bräuchten sie einen Helden«, sage ich und grinse. »Oder besser gesagt, mich.«

»Ich dachte, wir könnten zusammen hinfahren. Ich habe schon ein paar Dinge vorbereitet«, schlägt Caleb vor.

»Du und ich, auf einem Roadtrip?«, frage ich und lache. »Das wird ja immer besser.«

»Es ist kein Spiel, Samuel«, warnt Caleb. »Asmodeus ist gefährlich.«

»Ich weiß, wie man mit Gefahr umgeht«, erwidere ich selbstsicher. »Also gut, ich bin dabei. Wo treffen wir uns?«

»An der U-Bahn-Station Babylonstraße«, sagt Caleb. »In einer Stunde.«

»Ich werde da sein«, sage ich und lege auf.

Eine Stunde später treffe ich Caleb am vereinbarten Ort. Er hat ein altes, aber robust aussehendes Auto dabei.

»Das ist dein Ernst?«, frage ich und betrachte das Auto.

»Es fällt nicht auf«, erwidert Caleb. »In der

Stadt sollten wir unauffällig bleiben.«

»Unauffällig ist nicht gerade mein Stil«, sage ich, steige aber ein in diesen fahrenden Misthaufen.

Die Fahrt zur Stadt bleibt unerwartet ruhig. Caleb spricht wenig, konzentriert sich auf die Straße vor uns. Ich nutze die Zeit, um über Asmodeus und das Artefakt nachzudenken.

Als wir die Stadtgrenze erreichen, spüre ich sofort den Einfluss von Asmodeus tief in mir. Meine beiden Höllenprinzen spüren einen von den Ihren. Die Luft ist schwer mit einer dunklen, sündigen Energie. Die Menschen auf den Straßen bewegen sich wie in Trance, gefangen in ihren eigenen Begierden.

»Siehst du das?«, frage ich und deute auf die Menschen.

»Ja, es ist schlimmer, als ich dachte«, sagt Caleb.

»Das wird ein Spaß«, sage ich und steige dabei aus dem Auto. Wir gehen zusammen durch die Straßen, beobachten die Menschen. Es ist, als wäre die ganze Stadt in einen Rausch gefallen, ein endloses Fest der Wollust und des Lasters.

»Wir müssen Asmodeus finden und das Artefakt zerstören«, flüstert mir Caleb zu.

Mit diesen Worten machen wir uns weiter auf den Weg, tiefer in die Stadt, tiefer in das Reich von

Asmodeus. Ich bin bereit für die Herausforderung, bereit, mich der Dunkelheit zu stellen. Ich werde diesen Kampf gewinnen. Egal, was es kostet.

Die Straßen der Stadt sind ein lebendiges Gemälde der Ausschweifung und des Lasters. Überall, wohin ich blicke, waren Menschen in sündhaften Handlungen sexueller Natur verstrickt, als ob sie von einer unsichtbaren Macht getrieben werden. Es ist, als hätte Asmodeus die ganze Stadt in seinen Bann gezogen, sie in ein Paradies der Wollust verwandelt.

»Sieh dir das an«, sage ich und deute auf eine Gruppe, die sich ohne jegliche Hemmungen in der Öffentlichkeit hingibt. »Asmodeus hat hier wahrlich ganze Arbeit geleistet.«

Caleb, der neben mir steht, schaut angewidert weg. »Es ist abscheulich. Sie haben die Kontrolle über sich selbst verloren.«

»Oder sie haben endlich die Freiheit gefunden, zu tun, was sie wirklich wollen«, erwidere ich mit einem breiten Grinsen, während ich die Gruppe weiter beobachte.

»Das ist nicht Freiheit, Samuel. Das ist Sklaverei. Sklaverei unter der Macht der Sünde«, sagt Caleb.

»Ach nenn es doch, wie du willst«, sage ich, löse mich von der Gruppe und beobachtete weiter das

Treiben um uns herum. »Ich nenne es beeindruckend.«

»Du spürst es nicht, oder? Die Dunkelheit, die diese Stadt durchdringt?«, fragt Caleb.

»Oh doch, natürlich. Ich spüre sie«, erwidere ich. »Ich spüre die ungebändigte Kraft von Asmodeus. Sie ist wirklich stark, aber sie ist nicht stärker als ich selbst.«

»Sei vorsichtig, Samuel. Diese Kraft kann trügerisch sein«, warnt Caleb.

»Vorsicht ist langweilig ...«, erwidere ich und wandte mich von der Szene ab. »Komm, wir müssen Asmodeus finden.«

»Wie finden wir ihn in all diesem Chaos?«, fragt mich Caleb.

»Wir folgen einfach der Energie«, antworte ich achselzuckend. »Sie wird uns zu ihm führen.«

»Und dann?«

»Dann beende ich das!«, schließe ich entschlossen.

Wir gehen an weiteren Szenen der Ausschweifung vorbei. Es ist wirklich so, als hätte Asmodeus die ganze Stadt in einen riesigen Tempel der Wollust verwandelt. Aber für mich sind diese Menschen nur Schatten, Echos einer Lust, die mich nicht berührt. Nicht ohne Lysandra an meiner Seite.

»Du bist wirklich immun gegen diese Versuchungen?«, fragt Caleb, während wir uns durch die Menge bewegen.

»Vollkommen«, sage ich selbstsicher. »Ich habe schon lange gelernt, meine Begierden zu kontrollieren. Und jetzt, mit Lys an meiner Seite, gibt es nichts, was mich verführen könnte.«

»Ich hoffe, du hast recht«, sagt Caleb. »Denn wenn Asmodeus dich in seinen Bann zieht, könnte es das Ende sein.«

»Keine Sorge«, sage ich und grinse. »Ich lasse mich von nichts und niemandem beherrschen.«

Caleb nickt, wenn auch nicht ganz überzeugt. »Dann lass uns weitermachen. Wir müssen Asmodeus finden, bevor es zu spät ist.«

»Genau das habe ich vor«, sage ich und führe den Weg an.

Inmitten der chaotischen Szenen der Stadt, die Asmodeus Einfluss widerspiegelte, taucht auf einmal Lysandra auf. Sie wirkt, wie eine Fata Morgana inmitten der Wüste der Sünde. Ihr Auftreten ist so dramatisch wie immer, ihre Aura von einer dunklen, verführerischen Energie umgeben.

»Na, wenn das nicht meine liebste Versuchung ist«, rufe ich ihr zu, als ich sie erblicke.

»Sam!«, begrüßt sie mich mit einem lasziven Lächeln. »Ich wusste, ich würde dich hier finden.«

»Klar, dass du hier bist, bei dieser Art von Energie in der Luft«, erwidere ich, halb scherzend, halb ernst. »Bist du mir etwa untreu?«

»Natürlich nicht, Sam«, lacht sie. »Aber diese Menschen hier sind leichte Opfer für mich.«

Ihr Lachen ist wie Musik in meinen Ohren, doch ich kann nicht umhin, ein gewisses Gefühl der Eifersucht zu spüren. »Du hast es hier leicht, menschliche Seelen in die Hölle zu zerren, nicht wahr?«

»Ja, aber ich zerre sie nicht in die Hölle, ich ...«, sagt sie und sieht sich um. »... egal ... alle sind so anfällig für mich, es ist fast zu leicht.«

Caleb, der bisher geschwiegen hat, räuspert sich. »Wir sollten uns auf Asmodeus konzentrieren.«

»Richtig«, stimme ich zu und wende mich wieder Lysandra zu. »Also, was schlägst du vor?«

»Wir bilden eine Allianz«, sagt sie. »Zusammen können wir Asmodeus finden und aufhalten.«

»Eine unheilige Allianz ...«, murmelt Caleb.

»Sie gehört zu mir, also musst du dich damit abfinden Caleb«, sage ich zu ihm in einem scharfen Ton, der keinen Widerspruch zulässt. »Ich bin froh, dass du hier bist meine Süße.«

Lysandra antwortet nicht, sie reicht mir ihre Hand. Ich nehme sie in meine, spüre die pulsierende Energie, die von ihr ausgeht. »Dann lass uns keine Zeit verlieren.«

Lysandra führt uns, ihre dämonische Wahrnehmung leitet uns durch die verworrenen Straßen.

»Fühlst du das?«, fragt sie plötzlich und bleibt stehen.

»Was genau meinst du?«

»Eine starke Präsenz. Asmodeus muss in der Nähe sein.«

»Dann lass uns weitermachen«, sage ich und gehe voran.

Caleb folgt uns, sichtlich unwohl in dieser Allianz, aber entschlossen, seine Rolle zu spielen. »Wir müssen vorsichtig sein«, mahnte er.

Wir erreichen schließlich ein altes, heruntergekommenes Gebäude. Es strahlt eine dunkle, bedrohliche Energie aus.

»Hier ist er«, sagt Lysandra.

»Dann lass uns hineingehen und das Erledigen«, sage ich und trete vor.

KAPITEL 4:

DIE ALLIANZ

Im Inneren des düsteren Gebäudes, das von Asmodeus dunkler Energie durchdrungen ist, entdecken wir etwas Unerwartetes. Überall hängen Plakate, die eine bevorstehende Orgie ankündigen – ein festliches Ereignis, das offensichtlich dazu bestimmt war, Asmodeus Macht zu verstärken. »Das wird kein reguläres Ereignis werden ...«, flüstert mir Lysandra in mein rechtes Ohr.

Ich nicke ihr zu. »Sieh dir das an«, sage ich und deute auf eines der Plakate. »Asmodeus hat scheinbar wirklich Großes vor.«

»Das ist mehr als nur eine Orgie«, sagt Caleb mit besorgter Miene. »Das ist ein Ritual. Er will seine Macht auf ein neues Level heben.«

»Und er ist nicht einmal hier«, fügt Lysandra

hinzu, während sie sich umschaut. »Er bereitet sich wahrscheinlich an einem anderen Ort vor. Und dennoch ist sein Einfluss auf diese Stadt und die Menschen bereits so stark ...«

Ich kann nicht umhin, von der Atmosphäre der Stadt beeinflusst zu werden. Die ständige Präsenz von Wollust und Ausschweifung beginnt so langsam an meiner Selbstkontrolle zu nagen. Ich spüre, wie meine Gedanken immer wieder zu Lysandra wanderten, zu der Verbindung, die wir teilten.

»Samuel, du musst stark bleiben«, mahnt Caleb. »Lass dich nicht von dieser Stadt überwältigen.«

»Ich bin nicht schwach«, doch in meiner Stimme schwingt ein Hauch von Unsicherheit mit.

»Natürlich nicht«, sagt Lysandra und lächelt mich an.

»Also«, beginne ich, während ich mich nachdenklich an meinem Kinn kratze. »Wir wissen, dass Asmodeus während dieser Orgie sein großes Ding durchziehen will. Das ist unsere Chance, ihn zu erwischen.«

»Ja«, sagt Caleb schließlich. »Aber wir müssen vorsichtig sein. Es wird nicht einfach, ihn inmitten all dieser ... Ausschweifungen zu konfrontieren.«

Ich grinse, meine übliche Selbstsicherheit

kehrt zurück. »Ach, komm schon. Ein bisschen Ausschweifung hat doch noch niemandem geschadet. Außerdem ... ich denke, das ist genau der richtige Ort, um jemanden wie Asmodeus zu treffen.«

Caleb seufzt leise und schüttelt den Kopf, während er die Arme verschränkt. »Aber wie genau planst du, Asmodeus inmitten einer Orgie zu konfrontieren?« Seine Stimme klingt besorgt, fast resigniert, als hätte er schon die Antwort auf seine Frage erwartet. »Wir können nicht einfach hineinplatzen und anfangen, wild um uns zu schlagen.«

Ich zucke mit den Schultern, meine Hände lässig in die Taschen meiner Hose gesteckt. »Warum denn nicht?«, frage ich und werfe ihm ein spielerisches Grinsen zu. »Manchmal ist der direkte Weg der beste. Stell dir das mal vor: Asmodeus steht da, mitten in seinem perversen Spektakel, und dann ... BÄM! Wir machen ihn platt, bevor er überhaupt merkt, was los ist.«

Caleb reibt sich die Schläfen, als würde allein meine Anwesenheit Kopfschmerzen verursachen. »Es ist ein Ritual, durch das Asmodeus seine Macht über die Menschen verstärkt. Wenn wir einfach blindlings hineinmarschieren, spielen wir genau in seine Hände.«

Ich richte mich auf, mein Grinsen verschwindet und macht einem ernsteren Ausdruck Platz. »Dann sollten wir sicherstellen, dass wir das Ritual beenden, bevor es seine volle Wirkung entfalten kann.«

Lysandra sieht mich an, ihre Augen voller Interesse. »Du hast einen Plan?«, fragt sie, obwohl ihre Stimme eher neugierig als skeptisch klingt.

Ich nicke langsam, ein dunkles Lächeln breitet sich auf meinem Gesicht aus. »Das ist mein Plan. Wir mischen uns unter die Gäste und machen mit bei diesem Spiel. Wir bleiben unauffällig, bis wir Asmodeus finden. Dann, wenn er am wenigsten damit rechnet, schlagen wir mit aller Härte zu.«

Lysandra grinst und Caleb schüttelt resigniert seinen Kopf. »Also gut«, sage ich und klatsche in meine Hände. »Wir haben einen Plan. Wir gehen rein, bleiben unauffällig, finden Asmodeus und dann ... Boom! Showtime.«

In einer verlassenen Lagerhalle, die wir als unseren temporären Stützpunkt auserkoren haben, bereiten wir uns auf die heute Nacht bevorstehende Konfrontation mit Asmodeus vor. Die Luft ist schwer von Erwartung und einem Hauch von Angst – nicht, dass ich das jemals zugeben würde.

»Also, Lys«, beginne ich, während ich meine Waffen erneut überprüfte, »erzähl uns mehr über deine Verbindung zu Asmodeus. Das könnte nützlich sein.«

Lysandra sitzt auf einem alten, verstaubten

Tisch, ihre Beine geschmeidig übereinandergeschlagen. »Asmodeus und ich ... wir haben eine lange Geschichte. Er war es, der mich in die Künste der Verführung und der dunklen Magie einführte.«

»Klingt nach einem charmanten Kerl«, sage ich sarkastisch.

»Er hat seine Momente«, erwidert sie mit einem geheimnisvollen Lächeln. »Aber lass dich nicht täuschen. Asmodeus ist gefährlich und berechnend.«

»Wie alle Dämonen«, fügt Caleb hinzu, der seine Schriftrollen durchgeht.

»Nicht alle Dämonen sind gleich, Caleb«, sagt Lysandra, ihre Stimme sanft, aber bestimmt. »Manche von uns haben ... nuancierte Motive.«

Ich kann nicht umhin, Lysandra anzustarren. Ihre Schönheit, gepaart mit ihrer dunklen Aura, ist mehr als faszinierend für mich. »Und was sind deine Motive, Lys?«

Sie sieht mich direkt an, ihre Augen leuchten durchdringend. »Meine Motive, Sam, sind im Moment ganz auf dich ausgerichtet.«

Ich spüre, wie mein Herz einen Schlag aussetzte. »Ist das so?«

»Ja«, sagt sie, steht auf und kommt langsam auf mich zu und legt ihre Hand auf meine Brust. »Du bist anders, Sam. Du ziehst mich an.«

Ich wende mich Caleb zu. »Du warst mal ein

Priester, richtig? Was hat dich dazu gebracht, den Rock an den Nagel zu hängen?«

Er blickt auf, seine Augen spiegeln einen tiefen Schmerz wider. »Es war nicht nur eine Entscheidung, Samuel. Es war ein Prozess. Ein Prozess des Erkennens, dass die Institution, der ich mein Leben gewidmet hatte, tiefgreifend korrupt war. Machtmissbrauch, Vertuschung, Kindesmissbrauch ... Ich konnte nicht länger Teil einer Organisation sein, die solche Verbrechen gegen Unschuldige vergeht und auch noch vertuscht.«

»Das klingt ziemlich heftig«, erwidere ich und versuche, ein gewisses Maß an Empathie zu zeigen.

»Es war mehr als das«, fährt Caleb fort. »Es war ein Verrat an allem, woran ich glaubte. Also habe ich die Kirche verlassen und begonnen, gegen ihre Korruption zu kämpfen.«

»Und wie läuft dieser Kampf?«, frage ich, halb spöttisch.

»Es ist ein ständiger Kampf«, erwidert Caleb. »Aber ich werde nicht aufgeben. Nicht, solange ich atme.«

»Noble Worte«, ich kann nicht umhin, ein wenig beeindruckt zu sein. Caleb nickt, offensichtlich nicht ganz zufrieden mit meiner Antwort, aber bereit, das Thema ruhen zu lassen.

KAPITEL 5:

DIE ORGIE DER VERDAMMNIS

Das Gebäude, in dem die Orgie stattfinden wird, ist ein prunkvolles, fast palastartiges Anwesen, dessen Wände von jahrhundertealten Gemälden und vergoldeten Verzierungen geziert werden. Der Kontrast zwischen der historischen Pracht und der sündhaften Atmosphäre, die in der Luft liegt, ist beinahe greifbar.

»Sieht aus, als wären wir genau rechtzeitig«, murmele ich, während wir durch die großen, offenen Türen treten.

Lysandra, in ihrer perfektionierten menschlichen Form, sieht aus wie eine Göttin der Verführung, die inmitten der Sterblichen wandelt. Selbst die Dämonen, die sich unter die Menschen gemischt haben, scheinen nichts von ihrer wahren Natur zu ahnen.

»Erinnere dich an unseren Plan«, zischt Caleb mir leise zu, während wir uns durch die Menge bewegen. Sein Blick ist streng, beinahe durchbohrend. »Und lass deine ... tierischen Instinkte im Zaum, verstanden?«

»Keine Sorge«, erwidere ich. »Ich vergesse nie einen Plan – besonders, wenn er so unterhaltsam ist.«

Die Menschen um uns herum sind eine Mischung aus Reichen und Schönen, Neugierigen und Verlorenen, alle angelockt von der Aussicht auf eine Nacht ohne Grenzen und Tabus. Die Luft ist erfüllt von einem süßen, schweren Duft, der die Sinne betörte und die Hemmungen senkt.

»Faszinierend, wie schnell sich Menschen der Sünde hingeben, wenn man ihnen die Gelegenheit gibt«, bemerke ich, während ich zwei Gläser Champagner von einem vorbeigehenden Kellner nehme und eines Lysandra reiche.

»Es ist Asmodeus Einfluss«, sagt Lysandra leise. »Er verstärkt ihre tiefsten Begierden.«

»Nun, dann sollte er sich warm anziehen«, erwidere ich und nehme einen Schluck. »Denn er hat noch nicht mit mir zu tun gehabt.«

Wir bewegen uns langsam und anmutig durch

die Menge, beobachten die Menschen, die langsam aber sich in eine Art Trance versetzt werden.

»Es ist fast wie ein Tanz«, sage ich, während ich das Schauspiel beobachte. »Ein Tanz am Rande des Abgrunds.«

»Pass auf, dass du nicht selbst hineinfällst«, warne Caleb.

»Entspann' dich ... ich bin der Meister meines eigenen Schicksals«, erwidere ich selbstsicher. »Asmodeus wird schon sehen, was das bedeutet.«

Plötzlich spüre ich eine Hand auf meiner Schulter. Ich drehe mich um und sehe in die Augen eines wunderschönen Mannes, dessen Blick etwas Hypnotisches hatte.

»Willkommen«, sagt er mit einer Stimme, die wie Samt klingt. »Ich hoffe, Sie finden, wonach Sie suchen.«

»Oh, das werde ich«, sage ich und lächele breit. »Machen Sie sich darüber keine Sorgen.«

Als er sich abwendet, flüstert Lysandra: »Das war einer von Asmodeus engen Dienern. Sei vorsichtig, Sam.«

Als dieser vor die Menge tritt, verstummt das Gemurmel der Gäste schlagartig. Seine Stimme, tief und resonant, erfüllt den gesamten Raum.

»Die Zeit ist gekommen!«, verkündet er mit einer Stimme, die durch den Raum schneidet wie eine Klinge. »Lasst uns in den Tempel der Lust eintreten.«

Ein kollektives Raunen geht durch die Menge – eine Mischung aus erregtem Flüstern und ehrfürchtigem Stöhnen. Es ist, als hätte er einen unsichtbaren Schalter in jedem Einzelnen umgelegt. Körper beginnen, sich zu bewegen, zu beben, als wäre der Raum selbst lebendig geworden.

Ich lasse meinen Blick langsam über die Anwesenden gleiten. Die ersten beginnen sich zu entkleiden, zögerlich zunächst, doch das Verlangen – oder vielleicht die dunkle Aura, die Asmodeus ausstrahlt – zieht sie immer tiefer in ihren Abgrund. Die Hemmungen fallen schneller als ihre Kleidung, und ich beobachte, wie Scham durch pure Begierde ersetzt wird. Die Luft ist schwer, dick und fast greifbar. Es ist, als würde sie von den kollektiven Fantasien der Anwesenden genährt, einer Mischung aus Schweiß, billigem Parfüm und dem scharfen, metallischen Geruch, den ich nur zu gut kenne: Vorfreude auf etwas Dunkles.

Menschen – nein, Körper, denn jede Individualität scheint in dieser Menge zu verschwimmen – beginnen sich zu entkleiden. Männer, Frauen, in allen Formen, Größen und Zuständen. Es ist grotesk und faszinierend zugleich. Ich beobachte, wie sie ihre Hüllen ablegen, nicht nur die aus Stoff, sondern auch die aus Scham und Menschlichkeit. Sie verwandeln sich vor meinen Augen in etwas Rohes, Tierisches.

Meine Lippen verziehen sich zu einem schmalen Lächeln, das meine Verachtung nicht verbergen kann. Eine Orgie. Was für ein armseliger, erbärmlicher Ausdruck von Freiheit. Dies hier ist keine Feier des Lebens, sondern eine Parade menschlicher Schwäche, ein Spektakel der Begierde, das sich nur ein Höllenprinz wie Asmodeus ausdenken könnte. Ich bin gleichzeitig angewidert und fasziniert.

Mein Blick bleibt an einem schmächtigen Typen hängen, der gerade zögernd das Hemd über den Kopf zieht. Seine Arme sind dürr, sein Brustkorb schmal, und ein Bierbauch wölbt sich über den Bund seiner Hose. Doch es ist nicht sein Oberkörper, der meine Aufmerksamkeit auf sich zieht. Nein, es ist das, was er darunter verbirgt – oder eher das, was er nicht verbirgt.

Als er seine Hose fallen lässt und damit das erbärmlichste ›Anhängsel‹ enthüllt, das ich je gesehen habe, kann ich ein trockenes Lachen nicht unterdrücken. »Oh mein Gott, Lys«, sage ich, beuge mich leicht zu ihr und nicke unauffällig in seine Richtung. »Schau dir seinen Schwanz mal an. Selbst die Lupe würde hier kapitulieren.«

Lysandra wirft ihm einen kurzen Blick zu, dann sieht sie mich an, ihre Augen glitzern amüsiert, auch wenn sie versucht, es zu verbergen. »Vielleicht hat er andere Talente«, sagt sie trocken.

»Andere Talente?«, wiederhole ich, während ein spöttisches Grinsen meine Lippen umspielt. »Lass mich raten: großartige Persönlichkeit? Ein beeindruckendes Bankkonto?« Ich schüttele den Kopf und mustere ihn erneut.

Lysandra lacht leise, ihre Stimme wie dunkler Samt. »Du bist grausam, Sam.«

Ich ziehe eine Augenbraue hoch und grinse sie an, stolz auf mich selbst. »Grausam? Nein, nur ehrlich. Aber du weißt doch, Ehrlichkeit ist meine größte Tugend.«

»Oh, wirklich?«, fragt sie, ein Hauch von Sarkasmus in ihrer Stimme, während sie sich leicht zu mir lehnt. »Was sagst du zu ihr?«

Ich folge ihrem Blick zu einer Frau, die sich wie eine Tänzerin bewegt. Ihr Körper ist schlank, ihre Bewegungen geschmeidig, fast hypnotisch. Ich nehme sie genau ins Visier. »Nicht schlecht«, gebe ich zu, meine Stimme spielerisch, während ich sie betrachte. »Aber schau dir ihre Titten an. Links ein bisschen größer als rechts. Glaubst du, das fällt auch auf, wenn sie sich auf jemanden draufsetzt?«

Lysandra schüttelt den Kopf, halb amüsiert, halb genervt. »Sam, du bist unmöglich.«

»Ich weiß«, sage ich und zucke mit den Schultern. »Aber das macht mich doch so charmant, oder?«

»Erinnere dich an den Plan, Sam«, zischt Caleb, seine Stimme schneidend und leise wie ein Gebet, das nur zur Hälfte ausgesprochen wurde. Er steht steif neben mir, die Arme vor der Brust verschränkt, als würde er versuchen, sich selbst zusammenzuhalten. Sein Gesicht ist wie aus Stein gemeißelt, jeder Muskel angespannt, die Kiefer so fest zusammengepresst, dass ich mir sicher bin, er würde am liebsten schreien. Eine Mischung aus Zorn und Abscheu liegt in seinem Blick, den er durch den Raum schweifen lässt.

Sein Körper wirkt in dieser Umgebung fehl am Platz, fast gebrochen. Ich sehe es in seinen Augen: Diese Welt hier ist für ihn die reinste Hölle, und die Vorstellung, Teil dieser enthemmten Menge zu werden, zerfrisst ihn von innen. Doch entledigt er sich langsam seiner Kleidung, als ob er sich selbst opfern müsste, um seinen Gott zu besänftigen. Er zieht sein Hemd aus, seine Bewegungen ruckartig, beinahe widerwillig. Seine Brust ist von Narben gezeichnet, Geschichten von Kämpfen, die ich noch nicht kenne, und seine Haut ist blass, als würde er versuchen, das Licht dieser sündhaften Kerzen zu meiden.

Ich sage nichts. Für ihn ist das ein Abgrund, in den er gezwungen ist zu blicken – und vielleicht einer, in den er bald fallen wird. Aber mein Blick wandert weiter zu Lysandra. Sie legt ihre Kleidung mit einer anmutigen Bewegung ab, jede ihrer Bewegungen so fließend und bewusst, als stünde sie auf einer Bühne. Und das tut sie – ihre eigene Bühne, wo jeder Blick, jedes verstohlene Stöhnen der Anwesenden nur für sie existiert. Ihr Körper – perfekt und doch von einer dunklen Kraft erfüllt – scheint im schwachen, flackernden Licht des Raumes zu leuchten. Es ist, als hätte sie selbst das Licht gezähmt, um es zu ihrem Verbündeten zu machen. Ihre Haut schimmert wie Porzellan, unterbrochen von der leichten Bewegung ihrer Muskeln, während sie die letzte Schicht ihrer Kleidung abstreift.

Sie bewegt sich wie eine Göttin, die unter Sterblichen wandelt, und die enthemmten Gäste bemerken sie sofort. Sie bleiben stehen, einige in ihrer Bewegung innehaltend, um sie anzustarren, fast ehrfürchtig. Und sie genießt es. Ich sehe es in ihren Augen, die sich leicht verengen, während sie jeden Blick aufsaugt wie eine Göttin, die von der Anbetung ihrer Gläubigen lebt. Ihre makellosen Brüste, die sie stolz zur Schau stellt, bewegen sich kaum, so perfekt proportioniert, dass es fast unwirklich scheint.

»Wenn sie da nicht hinschauen«, murmle ich halb zu Caleb, halb zu mir selbst, während ich aus meiner Hose steige, »dann sind diese Leute blinder, als ich dachte.«

Lysandra wirft mir einen kurzen, wissenden Blick zu, ihre Lippen geschürzt zu einem Lächeln, das ebenso ein Versprechen wie eine Warnung ist.

»Weißt du, Sam«, sagt sie leise, ihre Stimme ein Hauch aus dunkler Seide, »manchmal frage ich mich, wie viel schlimmer du noch werden kannst.«

Ich grinse sie an, während ich mich meiner eigenen Kleidung entledige. Meine Bewegungen sind ruhig, fast provokant, meine Finger gleiten langsam über die Knöpfe meines Hemdes, während ich die Menge im Auge behalte. Es ist fast ein Spiel: zu sehen, wie tief sie bereit sind zu sinken, wie weit sie bereit sind, sich zu verlieren.

Doch bevor ich weitermache, tritt Lysandra näher. »Lass mich, Sam«, sagt sie und ihre Stimme klingt süffisant, aber auch herausfordernd. Sie kniet sich vor mich und macht eine knappe Bewegung mit der Hand und drängt mich fast spielerisch zurück. Ich lasse sie gewähren. Ihre schlanken Finger gleiten am Bund meiner Boxershorts entlang, berühren die Haut an meinen Hüften mit einer Kühle, die mich unwillkürlich zusammenzucken lässt. Ihre Bewegungen sind absichtlich langsam, fast so, als wolle sie mich demütigen, aber ich kenne Lysandra – sie genießt es, die Kontrolle zu haben, wenn auch nur für einen Moment. Sie schiebt den Stoff hinunter, entblößt mich vor der versammelten Menge, ohne mit der Wimper zu zucken.

Als die Shorts zu Boden gleiten, legt sie ihre Hände auf meine Hüften, ihre Bewegungen selbstbewusst und doch provokant.

»Perfekt«, murmelt sie schließlich, ihre Stimme kaum mehr als ein Hauch, aber ihre Augen sprechen Bände. Dann neigt sie ihren Kopf und öffnet leicht die Lippen.

Caleb tritt einen Schritt näher. »Lysandra!«, zischt er, und der Befehl in seiner Stimme ist nicht zu überhören. »Wir haben Wichtigeres zu tun, als uns der Wollust hinzugeben!«

Lysandra blickt ihn ruhig an, ihre Miene bleibt unbeeindruckt. »Wir haben immer Zeit für diese ... Vergnügungen«, sagt sie, doch sie weiß, dass sie seine Warnung ernst nehmen muss. Sie schaut zu mir, als ob sie sich gerade an den Bruchteil der Realität erinnert, der uns alle noch festhält.

»Na gut, dann holen wir das später nach«, fügt sie hinzu, ein schelmisches Lächeln auf ihren Lippen.

Ich grinse zurück, als sie aufsteht. Ihre Hand lässt sie langsam und absichtlich einen letzten, fast verführerischen Moment über ihn gleiten, bevor sie sich in einer fließenden Bewegung erhebt und ihre Hände über meinen Oberkörper gleiten.

Neben uns schüttelt Caleb den Kopf, die Abscheu in seinen Augen ist fast greifbar. Er sagt nichts mehr, doch die Art, wie er sich abwendet, spricht Bände. Für ihn ist das hier eine Demütigung – für mich ist es nur ein weiteres Spiel.

Wir blicken gemeinsam auf die Menge, die sich weiterhin in einem wilden Rausch von Lust und Begierde verliert. Doch dann fällt mein Blick auf einen Mann am Rand der Menge. Groß, muskulös, mit einem selbstsicheren Ausdruck, der fast an meinen heranreicht. Sein Blick ist starr, wie ein Raubtier, das seine Beute fixiert. »Na, was sagst du zu dem? Sieht aus, als hätte er einen Gottkomplex.«

Lysandra lehnt sich zu mir, ihre Augen funkeln vor Belustigung. »Vielleicht«, sagt sie. »Aber ich sehe, warum er Grund dazu hätte.«

Ich ziehe eine Augenbraue hoch und fixiere sie mit einem spöttischen Blick. »Oh, bitte.« Lysandras Lächeln wird breiter, ein gefährlich neckischer Zug, der ihre Lippen umspielt, während sie sich ein Stück näher zu mir lehnt. Ihr Blick wandert absichtlich langsam zurück zu dem Mann, bevor sie, kaum merklich, mit dem Kopf in seine Richtung nickt. »Was denn? Man kann doch wohl anerkennen, wenn die Natur … besonders großzügig war.« Ihre Stimme ist sanft, fast wie ein Hauch von Seide, doch der Triumph in ihren Augen funkelt wie ein Dolch. Ich folge ihrem Blick erneut, nur um mir ein genervtes Schnauben nicht verkneifen zu können. Meine Lippen verziehen sich zu einem Grinsen, das so beiläufig wie absichtlich abwertend ist. »Pah.«

Lysandras Lachen ist leise, es ist diese Art von Lachen, das mehr verspricht, als es preisgibt, und sie genießt es eindeutig, mich aus der Reserve zu locken. Sie neigt sich noch näher, so nah, dass ihr Atem wie eine dunkle Verlockung mein Ohr streift, als sie flüstert: »Nun, ich würde sagen, größer als deiner.«

Ich starre sie an, blinzele einmal, dann ein zweites Mal. Mein Mund öffnet sich, Worte formen sich in meinem Kopf, aber nichts davon schafft es über meine Lippen. »Du hast doch keine Ahnung, wovon du sprichst. Die sind gleich groß.«

Lysandra legt ihren Kopf leicht schief, ihr Blick wird intensiver, ihr Lächeln breiter. Es ist diese fast unschuldige Art von Lächeln, die ich mittlerweile so gut kenne – ein Ausdruck, der so viel mehr verspricht, als er auf den ersten Blick verrät.

»Sicher. Was immer dich ruhig schlafen lässt.«

Ich öffne den Mund, bereit zu kontern, bereit, etwas Schlagfertiges zu sagen, das ihr Lächeln zum Erlöschen bringt. Doch stattdessen halte ich inne, lehne mich entspannt zurück und lasse mein Grinsen zu einem breiten, selbstgefälligen Ausdruck anwachsen. »Fair. Aber ich denke, der Vergleich fällt ohnehin zu meinen Gunsten aus. Ich meine, schau mich doch an.«

Lysandra hebt eine Augenbraue, ihr Lächeln wird breiter, und sie neigt den Kopf leicht zur Seite. »Oh, Sam. Du bist einfach unverbesserlich.«

»Du meinst wohl unwiderstehlich«, korrigiere ich sie, meine Stimme gesenkt, mein Lächeln jetzt reinster Triumph.

Wir folgten der ekstatisch tanzenden Menge durch schwere, samtene Vorhänge in den nächsten Raum, einen weitläufigen, prunkvollen Saal, der von einem Meer aus glitzernden Kronleuchtern erleuchtet wurde. Der Raum war in opulenten Farben gehalten, jede Ecke schien in einem üppigen Rot oder tiefem Gold zu schwelgen, während überall kunstvoll arrangierte Kissen und Liegen die Einladung zum Verweilen und Genießen aussprachen. Schwere Gemälde, die sinnliche Szenen aus antiken Mythen darstellten, hingen an den Wänden und vervollständigten das Bild eines Ortes, der der menschlichen

Lust und Leidenschaft gewidmet war.

»Wow«, flüsterte ich anerkennend, meine Augen weiteten sich angesichts der expliziten Darstellungen von Dekadenz und Freizügigkeit, die sich uns boten. »Asmodeus weiß wirklich, wie man eine Party schmeißt ...«

Langsam verwandelte sich der Raum in ein Schauspiel der Entfesselung. Männer und Frauen, die anfangs noch zögerlich zueinander fanden, beginnen allmählich, sich in die Arme zu schließen, ihre Berührungen werden intensiver, drängender. Ihre Hände erkunden die Konturen und Geheimnisse der Körper, die sie gerade kennengelernt haben.

Auf den samtigen Liegen, die strategisch im Raum verteilt sind, lassen sich Paare und kleine Gruppen nieder, ihre Körper eng verschlungen in Akten purer Ekstase. Die Stoffe der Liegen werden zu einem lebendigen Meer aus Farben und Bewegungen, während sich die Gäste ihrem Verlangen hingeben. Einige tauschen zärtliche Küsse, während ihre Hände geschickt die Freude des anderen entfachen. Andere sind eng umschlungen in einer leidenschaftlichen Umarmung, die Tiefe ihrer Verbindung sichtbar in ihren geschlossenen Augen und dem leichten Öffnen ihrer Münder.

In einer Ecke des Raumes haben sich mehrere

Gäste zu einer kleinen, intimen Gruppe zusammengeschlossen, ihre Körper bilden eine Art lebendige Skulptur der Lust. Das Stöhnen und die seichten Atemzüge vermischen sich mit der leisen Musik, die durch den Raum schwebt, und schaffen eine fast hypnotische Atmosphäre.

Wir bewegen uns vorsichtig durch den Raum, unsere Sinne überwältigt von den intensiven Eindrücken. Dabei sind wir immer auf der Suche nach Anzeichen von Asmodeus Präsenz, dieser meisterhaften Täuschung, die sich irgendwo hinter den Masken der Ekstase verbergen muss. Jeder Schritt führt uns tiefer in das Labyrinth der menschlichen Sehnsüchte, jedes Echo eines Stöhnens kann ein Hinweis sein, jeder intensivere Ausdruck der Lust ein Zeichen.

»Er muss hier irgendwo sein«, murmele ich, mein Blick gleitet von einem entzückten Gesicht zum nächsten, scanne die Menge nach dem Dämonenprinzen ab.

»Er sollte leicht zu finden sein«, sagt Lysandra, ihre Stimme ist ein gedämpftes Flüstern neben mir.

KAPITEL 6:

ASMODEUS ERSCHEINT

Ein abrupter Wandel in der Atmosphäre bricht durch, als aus einem Meer von Stöhnen und intensiven Genüssen eine mächtige, dröhnende Stimme schneidet.

»Willkommen, Anhänger der Wollust! Fühlt euch Willkommen und habt Spaß!« Es ist Asmodeus. Seine Stimme rollt wie Donner durch den prunkvollen Saal, füllt jede Ecke mit seiner dunklen Präsenz.

Er bewegt sich langsam, mit der Anmut eines Raubtiers, das seine Beute umkreist, von hinten nach vorne durch die Reihen der enthemmten Menge. Jeder seiner Schritte scheint den Boden unter meinen Füßen zum Vibrieren zu bringen. Ich beobachte, wie er die Menschen berührt, und bei jeder Berührung verändern sich ihre Gesichter. Ihre

Augen werden leer, fast glasig, als wären sie plötzlich weit weg von diesem Ort, unter seiner vollständigen Kontrolle.

Hinter ihm gehen Diener, die schwarze Kerzen in ihren Händen halten. Sie verteilen sie an die Gäste, die diese mechanisch entgegennehmen. Die Kerzen sind noch nicht entzündet, und irgendwie spüre ich, dass das Entzünden dieser Kerzen noch ein weiterer Teil seines düsteren Rituals sein wird.

Asmodeus nähert sich langsam dem Eingang hinter uns. Wir stehen im ersten Drittel der Halle, gut positioniert, um ihn und seine Handlanger zu beobachten. »Gebt auch euren Gelüsten hin!«, ruft er mit einer Stimme, die sowohl einladend als auch befehlend ist. Jeder Tonfall scheint sorgfältig gewählt, um seine Zuhörer noch tiefer in sein Netz zu ziehen.

Asmodeus plant etwas Großes, etwas, das vielleicht nicht einmal wir vollständig aufhalten können. Wir müssen wachsam bleiben, bereit, in jedem Moment einzugreifen. Doch eine tiefere, dunklere Faszination hält mich zurück. Ich will wissen, was Asmodeus vorhat. Ich will verstehen, welche Macht er über diese Menschen hat. Und irgendwo, tief in mir, will ich wissen, ob ich stark genug bin, ihm und seiner verführerischen Dunkelheit zu widerstehen.

Asmodeus schreitet weiterhin durch den Saal,

ein dunkler Fürst in seinem Reich der Sinne. Mit jedem Schritt, den er tut, mit jeder Berührung, die er gewährt, verstärkt sich die Intensität der Lust um ihn herum. Die Luft ist durchdrungen von einem schweren, süßen Duft, der die Sinne betört und die Hemmungen weiter abbaut.

»Genießt es, meine Lieben! Lasst euch fallen in die Tiefe eurer Wünsche!«, ruft er mit einer Stimme, die selbst das tiefste Verlangen zu wecken vermag. Die Menschen um ihn herum, bereits tief in seinem Bann, lassen sich nun vollends gehen. Was zunächst als Sammlung einzelner Akte begann, verschmilzt nun zu einer ausufernden, wilden Orgie. Körper gegen Körper, in einer fließenden, pulsierenden Masse, die sich über den gesamten Raum erstreckt. Jedes Stöhnen, jeder Seufzer baut auf dem nächsten auf, steigert die kollektive Ekstase.

Die schwarzen Kerzen in den Händen der Menschen werden von ihnen geschützt als wäre es das Wichtigste auf dieser Welt. Das Licht spielt über die Haut, hebt Konturen hervor und taucht den Saal in ein sündhaftes Glühen. Asmodeus bewegt sich wie ein Dirigent durch diese Symphonie der Sinne, seine Augen leuchten triumphierend.

Hinter ihm, in der von ihm hinterlassenen Spur, verliert sich jede Struktur, jeder einzelne Gedanke an die Außenwelt. Es zählt nur der Moment, das Hier und Jetzt, getrieben von der ungebändigten Kraft der Wollust. Männer und Frauen, einst Fremde, sind nun Teil eines rauschenden Festes, das keine Grenzen zu kennen scheint.

Asmodeus Lachen hallt durch den Raum, tief und zufrieden. »Lasst alle Fesseln los!«, ruft er aus. Seine Worte sind wie Funken, die das Feuer der Leidenschaft weiter schüren. Jeder Atemzug, jeder Laut, der in dieser Halle erklingt, ist ein Testament seiner ungezügelten Macht, ein Beweis dafür, dass er die Tiefen menschlicher Begierden nicht nur versteht, sondern sie auch beherrscht.

Während Asmodeus majestätisch durch den Raum schreitet, eine Spur ungebändigter Lust hinter sich lassend, fällt sein Blick auf Lysandra. Ihr Blick ist fest und unerschütterlich, was sie von der ekstatischen Menge um sie herum abhebt.

Asmodeus Augen leuchten auf, als er sie erkennt, und mit einem kaum wahrnehmbaren Lächeln beginnt er, sich durch die Menge auf sie zuzubewegen. Die Menschen um ihn herum weichen zurück, fast als wären sie durch eine unsichtbare Kraft zurückgestoßen, was einen Pfad für ihn freimacht. Die flackernden Kerzenlichter werfen sein Schattenbild lang und drohend auf den Boden, während er sich Lysandra nähert.

»Er hat mich erkannt«, flüstert sie, ihre Augen fest auf die dunkle Gestalt gerichtet, die sich unaufhaltsam durch die Menge auf sie zu bewegt.

Caleb sieht sie besorgt an. Sein Blick schwankt zwischen ihr und der sich nähernden Bedrohung. »Was sollen wir tun?«, fragt er, die Anspannung in seiner Stimme kaum verhüllt.

»Bleib ruhig«, antwortet sie mit einer Ruhe, die ihre inneren Turbulenzen kaum zu verbergen vermag. »Ich kann mit ihm umgehen.« Ihre Stimme ist fest, entschlossen, auch wenn ihr Puls in ihren Schläfen pocht.

Ich trete einen Schritt zurück und meine Augen verengen sich leicht. »Ich gehe ein bisschen weg, nicht dass er mich jetzt schon erkennt. Ich bin zu neugierig, was er von dir will«, sage ich leise, mein Tonfall lässt jedoch keinen Zweifel an meinem Misstrauen und meiner Wachsamkeit. Mit langsamem, bedächtigem Schritt entferne ich mich, bleibe aber in Reichweite, bereit einzugreifen, sollte es notwendig werden. Meine Augen lassen die beiden nicht aus dem Blick, während ich mich in den Schatten zurückziehe, eine stille Wache im Hintergrund dieses gefährlichen Spiels.

Asmodeus bewegt sich weiterhin langsam auf sie zu, jede seiner Bewegungen voller Anmut und Bedrohung. Als er vor Lysandra steht, sieht er sie eindringlich an. Sein Mund verzeiht sich zu einem Lächeln — einem Lächeln, das die Schärfe eines gut geschliffenen Dolches besitzt, kontrolliert und dennoch unerwartet warm.

»Lysandra ...«, beginnt er schließlich, seine Stimme eine perfekte Mischung aus sanftem Timbre und unüberhörbarer Autorität. »Wie überraschend, dich hier zu sehen.«

Lysandra dreht sich zu ihm um, ihre Haltung sofort wachsam, beinahe herausfordernd. Sie fixiert ihn mit einem Blick, der kühl und doch erfüllt von unausgesprochenen Emotionen war.

»Asmodeus«, erwidert sie fest, ihre Stimme ruhig, doch entschieden. »Ich hätte nicht gedacht, dass du mich überhaupt noch erkennst.«

Er tritt einen Schritt näher, bis fast keine Distanz mehr zwischen ihnen ist. Sein Lächeln vertieft sich, durchzogen von einem Stolz, der in ihr nur Irritation auslösen kann.

»Wie könnte ich nicht?«, seine Stimme senkt sich, wird weicher, doch in dieser Weichheit schwingt etwas Dunkles mit, eine Reminiszenz an vergangene Fehltritte. »Ich vergesse nie ein Gesicht, Lysandra. Ganz sicher nicht das einer Dämonin deines Kalibers.«

Sie mustert ihn unverwandt, ihre Haltung unnachgiebig. »Und dennoch, so viele Jahre ... nichts.

Kein Wort. Kein Zeichen. Du scheinst dich nicht sonderlich darum bemüht zu haben, mich zu finden.«

Ein Funken des Bedauerns blitzt in seinen Augen auf — ein Echo von Schuld, gemischt mit einer Regung, die ich nicht ganz deuten kann. »Vielleicht habe ich nicht gesucht, aber das bedeutet nicht, dass ich je vergessen habe. Sieh mich an!«, fordert er, und für einen Moment scheint die souveräne Anmut in seinen Bewegungen einer Spur echter Emotion zu weichen.

»Was willst du von mir?«, fragt Lysandra schließlich.

»Ich will, dass du dich mir wieder anschließt«, erklärt Asmodeus. »Zusammen könnten wir wieder Großes erreichen.«

»Ich arbeite für niemanden außer für mich selbst«, entgegnet Lysandra kühl.

»Schade«, sagt Asmodeus und sein Lächeln wird noch breiter. »Du könntest so viel mehr sein.«

»Ich bin bereits mehr, als du dir vorstellen kannst«, kontert Lysandra.

Asmodeus lacht leise, ein Klang, der beinahe bewundernd wirkt. »Wir werden sehen.«

Er streckt seine Hand aus, als will er sie berühren, doch Lysandra weicht zurück. »Ich bin nicht eines deiner Spielzeuge, Asmodeus!«

»Das habe ich nie behauptet«, entgegnet er gelassen. »Aber du könntest eine wertvolle Verbündete sein.«

»Die Wahl meiner Verbündeten ist ein Luxus, den du nicht verstehst«, erklärt Lysandra. »und nie verstehen wirst.«

Asmodeus Augen funkeln herausfordernd. »Das könnte sich noch ändern.«

»Ich bezweifle es«, sagte Lysandra und tritt einen entschlossenen Schritt zurück.

Asmodeus wendet sich ab, sein Mantel schwingt dramatisch, als er sich von Lysandra löst. Sein Gang ist selbstbewusst, fast theatralisch, während er zurück in die Mitte der Halle schreitet. Dort verlangsamt er seinen Schritt nicht, sondern setzt seinen Weg unbeirrt fort, durchquert die pulsierende Masse der ekstatischen Gäste, die sich in ihren wilden Ausschweifungen kaum seiner Anwesenheit bewusst sind.

Mit jedem Schritt, den er dem Eingang näher kommt, scheint seine Aura mächtiger zu werden. Die Luft um ihn herum vibriert mit der dunklen Energie, die von ihm ausgeht, eine spürbare Welle der Macht, die die Anwesenden in ihrem Bann hält. Seine Diener folgen ihm treu, verteilen weiterhin die schwarzen Kerzen an die Menschen.

Während Asmodeus die Halle dominiert, finde ich meinen Weg zurück zu Lysandra.

»Was war das gerade?«, frage ich, meine Stimme übertönt kaum das Crescendo der umgebenden Lust. »Was wollte er von dir?« Mein Blick ist fest auf Lysandra gerichtet, sucht Antworten in ihrem Gesicht, das eine Maske der Fassung trägt.

Bevor sie antworten kann, wende ich mich direkt einer drängenderen Frage zu. »Hast du eine Verbindung zu ihm?« Die Worte kommen schärfer heraus als beabsichtigt, getrieben von einer unbehaglichen Ahnung, die in meinem Kopf herumspukt.

Asmodeus erreicht schließlich den Eingang, wo er kurz innehält, sich umdreht und einen Moment lang die Szene betrachtet, die er beherrscht. Seine Augen gleiten über die verflochtenen Körper. Mit einer fast königlichen Geste hebt er seine Hand, ein stummes Signal, das jedoch in seiner Bedeutung klar ist.

»Nun lasst es beginnen!«, ruft er mit einer Autorität, die sofort alle Aufmerksamkeit auf sich zieht. Meine letzte Frage bleibt unbeantwortet im Raum stehen, während sich die Situation dramatisch zu ändern scheint.

KAPITEL 7:

DAS RITUAL DER WOLLUST

Ich schaue zu Lys. »Was soll denn nun beginnen? Die Orgie läuft doch schon ...«, murmele ich halblaut, mehr zu mir selbst als zu ihr. In dem Moment klatscht Asmodeus theatralisch in die Hände. Mit einem lauten Knall entflammen die schwarzen Kerzen in den Händen der Anwesenden wie von Geisterhand, und die Menge teilt sich, bildet einen freien Gang, der nach hinten führt.

Am Ende des Ganges, der effektvoll durch die flackernden Kerzen erleuchtet wird, erhebt sich ein umgedrehtes Kreuz, das in düsterem Kontrast zur übrigen Szenerie steht. Um das Kreuz herum haben sich Menschen aufgestellt, die schwarze Kerzen in den Händen halten und einen Halbkreis formen, wobei sie die Öffnung des Ganges freilassen. Die Anordnung der Menschen und die Art, wie sie das Kreuz umgeben, lassen nichts Gutes ahnen.

Im Zentrum dieses makabren Arrangements, direkt unter dem umgedrehten Kreuz, thront ein Podest, auf dem ein lebendiger Altar dargeboten wird – verkörpert durch eine nackte Frau. Ihr Körper ist in eine Pose gezwungen, die zugleich Demut und bedingungslose Darbietung ausstrahlt. Auf allen vieren, mit gespreizten Gliedmaßen und einem leicht gewölbten Rücken, wird sie wie ein grotesker Tisch präsentiert, auf dem das Ritual seinen Höhepunkt finden soll. Ihr Bauch und ihre Brüste ragen nach oben, eine herausfordernde Einladung an die gierigen Blicke der Zuschauer, während ihr Becken provokant zum Publikum geneigt ist.

Ihre Vulva liegt entblößt und schutzlos offen, ein provokantes Symbol ungezähmter Wollust und absoluter Hingabe, das die dunkle Essenz des Rituals einfängt. Ihr Gesicht ist starr dem Kreuz zugewandt, eine Mischung aus Unterwerfung und ungesagter Verzweiflung in ihren Augen.

Auf ihrem Bauch ruht ein altertümlicher goldener Kelch, ein Relikt aus einer vergangenen Epoche, dessen Oberfläche von symbolischen Gravuren durchzogen ist – Szenen von Wollust, Überfluss und ritueller Hingabe. Er wirkt, als würde es selbst von der dunklen Energie des Rituals durchdrungen.

Zwei schwarze Kerzen sind auf ihren Brüsten befestigt, deren Wachs langsam auf ihre Haut tropft, die Linien von Schmerz und Unterwerfung zeichnet und in der Dunkelheit erstarrt. Die flackernden Flammen werfen ein unheimliches Licht auf ihre gequälte Pose, verstärken die Schatten ihrer unterwürfigen Haltung und lassen die Szene wie ein morbides Meisterwerk wirken – ein Spektakel aus Schmerz, Lust und religiöser Profanität.

Die Szene hat sich dramatisch von einer wilden Feier zu einem dunklen Ritual verwandelt, einer Zeremonie, die tief in der Kultpraxis der Wollust verwurzelt zu sein scheint. Der Anblick des umgedrehten Kreuzes, der rituell positionierten Frau und der makabren Accessoires lässt einen kalten Schauer über meinen Rücken laufen. Asmodeus Plan, was immer er auch sein mag, scheint weit über eine einfache Feier der Sünde hinauszugehen und tief in das Reich des Verbotenen und Dunklen einzutauchen.

Asmodeus schreitet zum Altar und entledigt sich seiner Kleidung. Nur sein Mantel bedeckt ihn noch, sein Gang ist voller Autorität und düsterer Anmut. Als er den Altar erreicht, positioniert er sich hinter dem Kopf der Frau, die wie ein lebendiges Opfer im Zentrum des rituellen Geschehens liegt.

Die Frau, deutlich erregt durch seine Nähe, reagiert instinktiv auf ihn. Ihre Zunge gleitet über die Lippen, ihr Mund öffnet sich in erwartungsvoller Gier.

Mit einer zeremoniellen Geste lässt Asmodeus seinen Mantel zu Boden gleiten, und enthüllt damit eine Gestalt, die zwar menschlich erscheint, jedoch mit übernatürlichen Merkmalen durchsetzt ist. Seine Haut hat einen dunkelroten Ton, der im flackernden Kerzenlicht fast zu glühen scheint. Seine Augen leuchten in einem tiefen, durchdringenden Rot, das jede Bewegung im Raum zu verfolgen scheint. Fein geschliffene Hörner ragen anmutig aus seiner Stirn, verleihen seinem Profil eine furchteinflößende Eleganz.

Über seinen Körper ziehen sich feine Schuppen, die besonders an den Extremitäten und um seine Genitalien herum dichter werden, wodurch sie einen fast rüstungsartigen Eindruck vermitteln. Trotz dieser dämonischen Attribute bewahrt Asmodeus eine gewisse Schönheit, die seine dunkle Herkunft mit einer hypnotischen Anziehungskraft verbindet.

Die Menschen im Saal scheinen die drastische Veränderung in seiner Erscheinung kaum wahrzunehmen, so gefangen sind sie in der Atmosphäre des Rituals und der Macht seiner Präsenz. Ihre Blicke haften an ihm, fasziniert und unwiderstehlich angezogen von der dunklen Aura, die ihn umgibt, selbst in dieser entblößten und wahrhaft dämonischen Form.

Asmodeus richtet seinen Blick nach unten auf das Gesicht der Frau, die reglos, doch erwartungsvoll als Altar dient.

Sein Schwanz thront wie ein dunkles Versprechen über ihrem Gesicht. Die Frau, vollkommen ergeben und scheinbar berauscht von seiner Ausstrahlung befindet sich durch die Erhöhung des Podestes in genau der richtigen Höhe, öffnet ihre Lippen mit der unterwürfigen Hingabe einer Kreatur, die weiß, dass sie keinen anderen Zweck hat. Ohne Eile, aber mit der unerbittlichen Bestimmtheit eines Wesens, das keine Ablehnung kennt, bringt er sich in Position.

Seine Eichel streift ihre Lippen und es ist, als würde ein unausgesprochenes Ritual beginnen. Sie nimmt ihn auf, ihre Bewegungen anfangs zaghaft, fast ehrfürchtig. Doch schnell wird ihre Unterwerfung zu völliger Hingabe, als sie ihm dient, ihn in ein Spektakel aus Lust und Macht zieht, das die Luft im Raum zum Beben bringt.

Ihre Lippen arbeiten wie ein Werkzeug seiner Erhebung, jede Berührung lässt seine dunkle Macht pulsieren. Seine Erregung nimmt zu, wird zu einer greifbaren Dominanz, die alles um ihn herum in den

Schatten stellt. Seine Hand gleitet an die Rückseite ihres Kopfes, nicht grob, aber auch nicht sanft – eine Geste, die fordert, die zeigt, dass es hier nur einen Herrscher gibt. Die Menge, die zuvor noch in murmelnder Erwartung war, verstummt völlig, gebannt von der düsteren Majestät dieses Moments.

Asmodeus bewegt sich mit der Gelassenheit und Sicherheit eines Wesens, das weiß, dass niemand es zu stoppen vermag. Der Akt, obgleich zutiefst intim, ist nicht weniger als eine makabre Demonstration seiner absoluten Macht – ein dunkles Schauspiel, das die Menge fesselt und sie gleichzeitig in ihrer eigenen Erregung und Abscheu gefangen hält.«

»Oh Mann ... was treiben die denn nun schon wieder?«, entfährt es mir, halb fasziniert, halb entsetzt über die Entfaltung dieses dunklen Rituals vor meinen Augen. Ich wende mich an Lysandra, meine Stimme drückt sowohl Sorge als auch Verwirrung aus. »Das ist doch wieder erst der Anfang von etwas wirklich Perversen, oder?«

Meine Frage hängt in der Luft, während ich ihre Reaktion abwarte, hoffend, dass sie vielleicht etwas Licht in diese düstere Szenerie bringen kann.

Asmodeus lässt seinen Blick langsam von seinem Akt der Dominanz zur gespannt wartenden Menge gleiten. Seine Stimme erhebt sich, tief und resonierend, während er verkündet: »Drei blutjunge Jungfrauen, ausgewählt für den heutigen Tag! Werden sich mir hier und jetzt hingeben! Sie werden ihr erstes Blut vergießen! Und uns in schon bald drei neue Jünger gebären!«

Die Worte hallen durch die Halle, erfüllt von einer düsteren Vorahnung, und das Publikum, zuvor gefangen in einem Rausch der Lust, erstarrt nun in gespannter Erwartung des weiteren Verlaufs dieses unheilvollen Rituals.

Ich drehe mich zu Lysandra um, meine Stirn in Falten gelegt, als der Verdacht mich überkommt. »Kann sich ein Dämon auf diese Art und Weise fortpflanzen? Gibt es Halbdämonen?« Die Fragen drängen sich aus mir heraus, getrieben von der bizarren und unheilvollen Szenerie vor uns.

Lysandra blickt mich ernst an, ihre Augen durchdringend, fast unnachgiebig, in dem schwachen Licht, das die Szene vor uns beleuchtet. Die Schärfe in ihrem Blick schneidet durch die stickige Luft wie eine Klinge. »Nein, Sam, es gibt nur Menschen und Dämonen.« Ihre Stimme ist fest, doch ein Hauch von Schwermut schwingt darin mit. »Einige Dämonen existieren seit Anbeginn der Welt. Viele von uns waren einst gefallene Engel, die sich den dunklen Reichen angeschlossen haben. Diejenigen, die gefallen sind – freiwillig oder nicht –, tragen ihre eigene Verdammnis in sich.« Ihre Worte sind leise, fast flüsternd, und für einen Moment spüre ich, dass diese Aussage für sie mehr als nur eine Lektion ist. Es fühlt sich an wie ein persönliches Geständnis.

Sie macht eine kurze Pause, als suche sie nach den richtigen Worten, doch ihre Stimme wird noch schwerer, als sie weiterspricht. »Aber ja, es gibt auch Fälle, in denen Dämonen durch Zeugung erschaffen werden. Zwischen Dämonen, aber auch seltener zwischen Dämonen und menschlichen Frauen.« Ihre Augen verengen sich leicht, als ob sie den nächsten Teil ihrer Erklärung nur widerwillig preisgibt. »Aber Dämonen verlassen den menschlichen Körper nicht auf dem Weg, auf dem sie ihn betreten haben. Die Frauen, die diese Dämonen zur Welt bringen, sterben immer. Sie existieren nur dazu, neues Leben zu erschaffen – und dieses Leben ist ihr Ende.«

Ein kalter Schauder läuft mir über den Rücken, und ich versuche, die absurde Faszination, die mich überkommt, zu unterdrücken. »Du meinst, sie fressen sich durch die Bauchdecke?«, frage ich, meine Stimme mehr zynisch als schockiert, obwohl ich den Abgrund ihrer Worte nur zu gut spüre.

Lysandra schüttelt leicht den Kopf, und ihre Gesichtszüge bleiben dabei regungslos, fast stoisch. »Nicht wirklich«, sagt sie leise. Ihre Worte gleiten wie ein Dolch in die Stille. »Die ersten sechsundsechzig Tage reifen sie wie menschliche Babys, zumindest äußerlich. Aber danach beginnt ihre wahre Natur, ihre dämonische Essenz, von ihnen Besitz zu ergreifen. Sie fressen sich durch die Gebärmutter und die Eierstöcke, um die Energie aufzunehmen, die sie brauchen. Die Frauen überleben diesen Prozess. Es ist das letzte Stadium, das sie zerreißt.«

Ich ziehe die Augenbrauen hoch, trotz des Unbehagens, das ihre Worte in mir hervorrufen. »Zerreißt?«, wiederhole ich langsam.

Lysandra nickt, ihre Stimme wird zu einem Flüstern, das dennoch die grausame Wahrheit schneidet. »Nach diesen sechsundsechzig Tagen dauert es nur noch sechsundsechzig Stunden. In dieser Zeit wächst der Dämon zu seiner finalen Größe heran. Er nimmt alles, was er braucht, reißt das Gewebe der Mutter von innen auf ... und bahnt sich seinen Weg in die Welt.« Sie schließt kurz die Augen, als würde sie versuchen, die Bilder, die sie beschreibt, aus ihrem Kopf zu verdrängen. »Es ist nicht nur Geburt, Sam. Es ist ein Akt reiner Zerstörung. Ein Opfer.«

Ich sage nichts, lasse die Schwere ihrer Worte

sacken. Mein Blick gleitet zurück zum schauderhaften Ritual, das sich vor uns entfaltet. Die Frauen, die gezwungen werden sich Asmodeus hinzugegeben, wissen höchstwahrscheinlich nicht, welches Schicksal sie erwartet.

Die schwere Eingangstür des Saales schwingt mit einem leisen, aber bedeutsamen Knarren auf, und eine Prozession, die sich wie eine sorgfältig inszenierte Vorstellung von Sündhaftigkeit und Verführung anfühlt, tritt in das Zwielicht. Nackte Frauen und Männer, deren Körper im schummrigen Schein der flackernden Kerzen schimmern, schreiten mit einer unnachahmlichen Eleganz voran, die ihre Nacktheit eher wie eine feierliche Tracht denn als Bloßstellung erscheinen lässt. Ihre Bewegungen sind fließend und selbstsicher, jedes Individuum strahlt eine Art überirdische Anmut aus, die hypnotisch wirkt.

In der Mitte dieser sündhaften Eskorte, umgeben von der entblößten Pracht ihrer älteren Begleiter, erblicke ich drei junge Frauen – nein, eher Mädchen. Ihre jugendliche Unschuld hebt sich scharf von der erotischen Umgebung ab. Die Mädchen sind kaum älter als dreizehn, vielleicht vierzehn Jahre, ihre Gesichtszüge geprägt von einer frischen, fast ätherischen Reinheit, die in bizarre Dissonanz zu dem üppigen Dekor des Raumes tritt. Ihre Körper, zart und noch nicht vollständig in die Blüte ihrer Weiblichkeit eingetreten, wirken verletzlich.

Das Unbehagen in mir wächst, als die Erinnerung an eine düstere Nacht zurückkehrt, in der ich eine ähnlich unschuldige Seele in den Klauen eines grausamen Schicksals zurücklassen musste. Damals, in einem anderen Raum, bei einer anderen Art Ritual, ist ein Mädchen gestorben – gefangen im Netz von Luzifers dunklen Plänen. Ihr verzweifelter Blick und ihr schmerzerfülltes Schreien sind in meiner Seele eingebrannt, eine ständige Erinnerung an mein damaliges Scheitern.

Doch heute, in diesem Moment, fühle ich eine neu entflammte Entschlossenheit in mir. Diese Mädchen, auch wenn sie nur Menschen sind, verdienen sie eine Zukunft frei von diesem grausamen Schicksal. »Nein, dieses Mal nicht. Dieses Mal werde ich sie retten!«, wiederhole ich leise, meine Stimme kaum hörbar über dem Murmeln der umstehenden Menge. »Sie sind vielleicht nur Menschen, aber sie sind unschuldige Menschen. Ich werde das nicht zulassen. Keine Unschuldigen sollen heute Nacht verletzt werden. Alle anderen mögen ihre verdammten Spiele weiterspielen.«

Habe ich gerade wirklich gesagt, dass sie ›nur‹ Menschen sind? Diese Worte lösen eine Welle der Selbstkritik aus, die ich schnell abschüttele. Die Dämonenprinzen in meiner Brust beruhigen sich etwas.

Meine Faust ballt sich entschlossen, während ich die Gruppe weiter beobachte, wie sie sich majestätisch und doch unheilvoll durch den Raum bewegt. Jeder ihrer Schritte, der sie näher zu ihrem Schicksal führt, festigt meinen Willen, einzugreifen. Eine tiefe, unwiderrufliche Überzeugung erfüllt mich, und ich weiß, dass ich bereit bin, alles zu riskieren – für sie und für das, was von meiner eigenen Menschlichkeit noch übrig ist.

»Das ist doch reiner Wahnsinn«, sage ich und schüttele den Kopf, unfähig, meinen Blick von der abartigen Szenerie abzuwenden, die sich vor mir abspielt. Die flackernden Kerzen, die drei jungen Mädchen, das Ritual, das sich wie ein böser Schatten über die gesamte Halle legt – alles daran schreit danach, gestoppt zu werden. »Er muss gestoppt werden«, wiederhole ich, dieses Mal mehr zu mir selbst, als würde ich mich damit auf den bevorstehenden Moment vorbereiten.

»Ich brauche meine Waffen«, sage ich entschlossen zu Lysandra und Caleb, die beide meinen ernsten Blick erwidern. »Ohne sie bin ich wie ein

Maler ohne Pinsel in diesem verrückten Kunstwerk. Oder hier passender, wie ein Kerl ohne Schwanz ...«

Lysandra zieht eine Augenbraue hoch, aber sie widerspricht nicht. Caleb runzelt die Stirn.

»Lys!«, sage ich drängend und lege meine Hand kurz auf ihre Schulter. »Lenk' sie ab!«

Sie zögert einen Moment, aber dann nickt sie, ihre Haltung strafft sich. Ich drehe mich um und schleiche mich durch die dicht gedrängte Menge in Richtung Vorraum. Die flackernden Schatten der Kerzen spielen auf den nackten, schwitzenden Körpern um mich herum, doch ich beachte sie nicht. Meine Augen sind auf das Ziel gerichtet: die Tür, die mich zu meinen Waffen führen wird.

Lysandra tritt hervor, vor die Gruppe in die Mitte des Ganges, direkt in Asmodeus Blickfeld. Ihre Schritte sind langsam, fast absichtlich provozierend, und ihre Stimme erhebt sich, durchdringt den Saal, sodass sie selbst gegen das unablässige Stöhnen und Raunen gewinnt. »Asmodeus!«, ruft sie, und ihre Worte schneiden durch die schwere Luft wie eine Klinge. »Muss ich dich wirklich daran erinnern, warum ich dich verlassen habe? Warum ich mich entschieden habe, nie wieder unter deiner Herrschaft zu stehen?«

Die Menge verstummt ein wenig, als ob die

Kraft in ihrer Stimme einen Teil der Spannung in der Luft zerreißt. Asmodeus, der noch immer hinter der Frau auf dem Altar steht, seinen Körper entspannt, wendet seinen Blick zu ihr. Seine dämonischen Augen blitzen, aber er sagt nichts, noch nicht.

»Das hier ...«, sie hebt die Hand und deutet auf die drei Mädchen, die mit entleerten Augen wie Opferlämmer dastehen, »... das hast du schon einmal getan. Glaubst du, ich habe vergessen, wie du drei unschuldige Leben zerstört hast, nur um neue Dämonen in die Welt zu bringen? Drei junge Frauen, die du geschwängert und damit getötet hast! Alles, nur um deine Macht zu erweitern!«

Die Worte treffen wie ein Peitschenhieb. Einige der Anwesenden, obwohl vollkommen unter Asmodeus Einfluss, scheinen für einen Augenblick zu zögern, als würde irgendwo tief in ihnen die Bedeutung von Lysandras Anschuldigung vibrieren. Aber Asmodeus? Er bleibt vollkommen ruhig. Sein Lächeln, diese dunkle, kalte Verzerrung von Emotion, kriecht langsam über sein Gesicht.

Lysandra hebt das Kinn, ihre Augen funkeln vor Verachtung. »Du hast sie alle geopfert! Sie waren dir egal! Sie waren nichts weiter als Werkzeuge in deinem verdrehten Spiel.« Ihre Stimme wird lauter, klarer. »Und jetzt willst du es wieder tun. Dasselbe Ritual, dieselbe grausame Absicht. Du hast nichts dazugelernt, Asmodeus. Oder bist du so blind vor deiner eigenen Machtgier?«

Asmodeus lässt sich Zeit. Er genießt ihren Ausbruch, als wäre jede ihrer Anklagen eine zarte Melodie in seinen Ohren. Doch Lysandra weicht nicht zurück, und für einen Moment, einen kurzen, geladenen Moment, fühlt es sich an, als könnte sie mit ihrer Wut die dichte Aura brechen, die er über den Raum gelegt hat.

Asmodeus, dessen dunkle Augen zunächst auf Lysandra gerichtet waren, als sie ihn mit ihrer Verachtung und ihrer Erinnerung an seine vergangenen Taten konfrontierte, wendet sich langsam wieder der Frau am Altar zu. Mit einem Lächeln, das ebenso verführerisch wie grausam ist, vertieft er die Intimität des Augenblicks, seine Hand fest im Nacken der Frau, führend, kontrollierend.

»Ach ja, die letzten Jungfrauen vor so vielen Jahren ... alleine an sie zu denken erregt mich!«

Die Frau, das willige Instrument seiner düsteren Lust, gehorcht seiner Berührung mit völliger Hingabe, während ein letzter Funken Furcht tief in ihren glasigen Augen flackert. Ihre Lippen umschließen ihn fest, ihre Bewegungen rhythmisch und präzise, als gäbe es keinen anderen Zweck für sie als diesen Moment. Ihre Zunge gleitet über ihn, fordert ihn, verwöhnt ihn – jeder Atemzug, jedes Zittern ihres Körpers spiegelt die absolute Unterwerfung wider, die sie ihm entgegenbringt.

Sein Stöhnen ist tief, kontrolliert, ein Laut, der nicht von animalischer Wildheit, sondern von absoluter Dominanz und Genuss spricht. Seine Hände ruhen im Nacken der Frau, seine Finger, mit einer Mischung aus Zärtlichkeit und Besitzanspruch, vergraben sich in ihrem Haar. Seine Augen schließen sich langsam, und sein Gesicht wird zu einer Maske purer, dunkler Ekstase.

Der Moment scheint sich in die Länge zu ziehen, wie ein ewiges Crescendo, bis er schließlich in einem tiefen, vibrierenden Laut seinen Höhepunkt erreicht. Sein Körper spannt sich, jede Linie seiner Gestalt strahlt Macht und Befriedigung aus. Die Frau reagiert, schluckt ohne Zögern, als würde sie von seiner Präsenz dazu gezwungen. Ihre Bewegungen verlangsamen sich, doch sie bleibt weiterhin an ihm, ihre Lippen sanft, ihre Zunge gleitet noch einmal über ihn, um die letzten Tropfen von seiner Eichel aufzunehmen. Es ist keine zufällige Geste, sondern eine, die wie eine abschließende, fast rituelle Handlung wirkt – ein Tribut, ein Ausdruck völliger Hingabe an ihn.

Mit einer langsamen, fast zeremoniellen Bewegung zieht er sich schließlich zurück, die Spannung seiner Muskeln löst sich, während er sich zur vollen Größe aufrichtet. Die Frau bleibt für einen Augenblick reglos, ihre Augen geschlossen, ihre Haltung wie eingefroren, als hätte sie in ihrer völligen Hingabe den letzten Rest von sich selbst geopfert.

Asmodeus lässt seinen Blick kurz über sie gleiten, doch da ist kein Zeichen von Dankbarkeit oder Zärtlichkeit. Für ihn ist sie nichts weiter als ein Werkzeug, das seinen Zweck erfüllt hat. Sein Gesicht ist eine Maske der Gleichgültigkeit, als er sich abwendet.

Seine roten Augen öffnen sich, klar und gefährlich, während er den Raum überblickt. Seine Aufmerksamkeit gleitet schließlich zu Lysandra, und ein triumphales, kaltes Lächeln zieht sich über seine Lippen. Mit einer überlegenen Ruhe, die jede seiner Bewegungen durchdringt, spricht er schließlich, seine Stimme durchdringt die Stille wie eine scharfe Klinge: »Nun, Lysandra, wo waren wir stehen geblieben?«

Die abrupte Abwendung von Asmodeus von der Frau, die zitternd und nur noch ein Schatten ihrer selbst zurückbleibt, ist ein grausames Schauspiel seiner unangefochtenen Macht und Dominanz. Ihr Körper, von den Nachwirkungen seiner Berührung und der dämonischen Energie gezeichnet, bebt unkontrolliert, während die kalte Luft der dunklen

Halle über ihre glänzende, schweißbedeckte Haut streicht. Im flackernden Licht der Kerzen schimmern ihre Schamlippen, nass von der Mischung aus Lust und Erniedrigung, während glitzernde Tropfen träge ihren Weg über die weichen Kurven ihrer inneren Schenkel finden. Jeder Tropfen, der auf die steinerne Oberfläche unter ihr trifft, scheint die Stille des Raumes zu durchbrechen, wie ein Echo ihrer völligen Hingabe an das Ritual.

»Hast du wirklich gedacht, du könntest mich aufhalten?« Seine roten Augen funkeln im Kerzenlicht, die Glut darin so unheilvoll wie die Sünde selbst. »Du kennst meine Macht, Lysandra«, sagt er, seine Stimme senkt sich noch tiefer, fast zu einem Flüstern. »Du solltest es besser wissen.« Die Art, wie er ihren Namen ausspricht, ist ebenso ein Vorwurf wie eine Erinnerung – an etwas, das nur die beiden teilen.

Währenddessen gleite ich unbemerkt durch die Masse an schwitzenden, sich windenden Körpern und erreiche endlich den Vorraum. Die stickige Luft der Orgie weicht einem kühleren Hauch, doch die schweren Stimmen aus dem Saal dringen weiterhin an meine Ohren. Lysandras Worte, wie scharfe Klingen, durchschneiden die flirrende Geräuschkulisse des Rituals. Ihre Stimme erhebt sich mit einer Leidenschaft, die Asmodeus herausfordert, und für einen Moment spüre ich den Drang, stehenzubleiben und zu lauschen. Aber ich weiß, dass ich nicht zögern kann. Meine Waffen warten – und verdammt, ich werde sie brauchen.

Die Tür fällt hinter mir ins Schloss, und ich bewege mich schnell. Meine Bewegungen sind automatisiert, routiniert, einstudiert durch Jahre der Jagd. Der Raum ist nur schwach beleuchtet, das fahle Licht lässt meine Ausrüstung im Regal wie geisterhafte Schatten wirken. Ich ziehe meine Hose an, schnalle die Gurte meiner Dolche um meine Beine, ihre Klingen sicher verstaut, aber bereit, mit einem einzigen Griff in meine Hand zu gleiten. Ihre vertraute Schwere beruhigt mich, fast wie alte Freunde, die ich nach langer Zeit wieder treffe.

Dann greife ich nach meiner doppelläufigen .45 ACP. Mein treuer Begleiter, schlicht, und tödlich präzise. Ich streiche mit meinen Fingern über den kühlen Lauf, lade das Magazin und befestige die Pistole sicher in ihrem Holster an meiner Seite. Mein Blick fällt auf die Pumpgun, die in meiner Jacke wartet. Für einen Moment zögere ich. Ihre rohe Feuerkraft wäre in einer Szenerie wie dieser zweifellos beeindruckend, aber ich entscheide mich da-

gegen. »Heute Abend brauche ich keine Schrot-
flinte, um zu beeindrucken«, murmle ich mit einem
selbstgefälligen Grinsen und werfe einen letzten
Blick in den fleckigen Spiegel an der Wand.

Mit nichts außer meiner Hose und meinen Waffen als Accessoires trete vor die Doppeltüren, hinter
denen das Ritual darauf wartet, von mir vereitelt zu
werden. Mein Herz schlägt hart in meiner Brust,
aber nicht vor Angst – vor Adrenalin, vor dem puren,
elektrisierenden Gefühl, derjenige zu sein, der die
Show unterbrechen wird.

Mit einem entschlossenen Tritt öffne ich die Türen,
die mit einem lauten Knall gegen die Wände schlagen. Der Saal scheint einen Moment lang zu erstar-
ren, wie ein Raubtier, das seinen Jäger wittert. Die
Gespräche verstummen, die Bewegungen der sich
windenden Körper stocken. Alle Augen richten sich
auf mich.

Ich genieße den Moment. Langsam lasse ich
meinen Blick über die Szene gleiten, spüre die Blicke auf meinem eigenen Körper, wie sie mich neugierig, vielleicht auch mit einer Spur Angst mustern.
Ich stehe da, oberkörperfrei, Dolche an meinen Bei-
nen, die Pistole an meiner Seite – ein Krieger, der
inmitten des Chaos aufgetaucht ist.

Ein selbstbewusstes Grinsen breitet sich auf

meinem Gesicht aus, während ich meine Stimme erhebe. »Keine Sorge, Leute«, rufe ich, mein Ton spielerisch, fast spöttisch. »Die Party kann jetzt richtig beginnen.«

»Ah, Samuel Hellsworth«, begrüßt mich Asmodeus, seine Stimme triefend vor Sarkasmus und süßer Arroganz. Die Worte rollen über seine Lippen wie ein triumphaler Prolog, als wäre mein Eintreten nur ein weiteres Schauspiel, das er mit kalkulierter Präzision orchestriert hat. »Du hast es also tatsächlich geschafft. Ich habe stark mit dir gerechnet.« Seine Augen funkeln dabei, ein diabolischer Glanz, der keinen Zweifel daran lässt, dass er mich schon seit meiner Ankunft erwartet hat.

Ich verharre einen Moment in der Tür, meine Waffen bewusst sichtbar, bevor ich mit langsamen, selbstbewussten Schritten auf ihn zugehe. Die Menge teilt sich um mich wie ein Meer aus Fleisch, während ich Asmodeus keinen Moment aus den Augen lasse. »Ich lasse mir doch keine Party von dir verderben«, erwidere ich und lasse ein schmales, provokantes Grinsen auf meine Lippen treten. »Es ist Zeit, dass jemand diesem Wahnsinn ein Ende setzt.« Meine Stimme schneidet durch den Raum, fest, laut genug, um auch die letzten Zweifel daran zu zerstreuen, dass ich hier bin, um genau das zu tun.

Er schenkt mir ein leises, amüsiertes Lachen. Ohne jede Eile wendet er sich von mir ab und schnippt mit den Fingern. Ein unterwürfiger Diener tritt augenblicklich aus der Menge hervor, auf Knien kriechend, ein Stück dunkles, ledernes Gewebe in den ausgestreckten Händen haltend – ein Lendenschurz, der wie aus roher Haut gefertigt scheint. Die Masse beobachtet das Schauspiel in gebannter Stille, als Asmodeus das einfache Kleidungsstück nimmt, es sich mit geschmeidigen Bewegungen um die Hüften bindet, ohne seinen inneren Hochmut zu verlieren.

Sein Blick kehrt zu mir zurück, und ich spüre das Gewicht seiner glühenden roten Augen auf mir, wie ein Dolch, der sich in meine Seele bohrt. Er lehnt sich leicht zurück, als würde er sich über meine Präsenz amüsieren, das Lächeln auf seinen Lippen breit und voller höhnischer Überlegenheit. »Und du glaubst, du bist dieser Jemand?«, fragt er schließlich, jede Silbe von Spott durchtränkt.

Ich lasse ihn nicht aus den Augen, während meine Hand langsam zu meiner Pistole wandert. Der Griff ist kühl in meiner Handfläche, vertraut, fast beruhigend. »Ich weiß, dass ich es bin«, antworte ich mit einer Gelassenheit, die ich mir selbst zu einem gewissen Teil aufzwingen muss. Mein Zeigefinger ruht dicht am Abzug, bereit, ihn jederzeit durchzuziehen. »Ich habe schon größere Dämonen als dich zur Strecke gebracht.«

Das Lächeln auf Asmodeus Gesicht wird breiter, beinahe triumphierend, als ob er mein Selbstbewusstsein geradezu genießt. »Oh, Samuel«, sagt er leise, beinahe wie eine Liebkosung, während er seinen Blick prüfend über mich gleiten lässt. »Größere Dämonen? Wirklich? Aber du bist noch nie einem begegnet, der die Kunst der Wollust und der Manipulation so perfekt beherrscht wie ich.«

Seine Worte schwingen durch die Luft, laden den Raum mit einer unheilvollen Energie auf, die sich mit jedem Atemzug schwerer auf meiner Brust ablegt. Doch ich lasse keine Unsicherheit durchblicken. Stattdessen richte ich die Pistole direkt auf ihn, meinen Finger ruhig, meinen Blick kalt.

»Wir werden sehen, ob deine Kunst dich rettet, wenn ich dir eine Kugel zwischen die Augen jage«, entgegne ich leise, fast genüsslich. Ich richte die Waffe direkt auf ihn, mein Finger ruht locker am Abzug. »Das haben Luzi und Mammon auch gedacht – dass sie besser sind als ich. Und wo sind sie jetzt?« Mit einem breiten Grinsen klopfe ich mir mit der freien Hand auf die Brust.

»Hier. Ganz nah bei mir. In mir!«

Lysandra ruft mir von der Seite zu, ihre Stimme angespannt, aber dennoch kontrolliert. »Sam, sei vorsichtig! Er ist nicht zu unterschätzen.«

Ich drehe meinen Kopf leicht zu ihr, ohne Asmodeus aus den Augen zu lassen. Ein Zwinkern begleitet meine Worte, mein Grinsen bleibt fest auf meinen Lippen. »Keine Sorge, Süße. Ich habe das im Griff. Das hier ist nicht meine erste Dämonenparty. Halt mir nur den Rest vom Leib!« Ich drehe meinen Kopf zu Caleb »Und du bringst die Mädchen hier in Sicherheit!«

Aus dem Augenwinkel sehe ich, wie Asmodeus seine Aufmerksamkeit auf Lysandra lenkt. Seine Augen funkeln, ein dunkles Glitzern, das sowohl Neugier als auch etwas Besitzergreifendes ausstrahlt.

»Süße?«, wiederholt er leise, beinahe amüsiert. Dann wendet er sich langsam wieder mir zu, seine Miene bleibt ungerührt, doch seine Worte sind schneidend. »Du bist mutig, das muss ich zugeben. Aber Mut allein wird dich nicht retten.«

Ich lasse ein kurzes Lachen hören, leise und herausfordernd. »Ich brauche keine Rettung«, entgegne ich, meine Stimme nun ernster. »Ich bin der Retter. Der Erlöser. Und du wirst es bald selbst erleben.«

Er hebt leicht eine Augenbraue, sein Lächeln wird breiter, als würde er den Moment genießen. »Dann zeig mir, was du kannst«, fordert er, seine

Stimme einladend, fast provokant.

Ich nicke langsam, mache einen kontrollierten Schritt auf ihn zu, meine Pistole weiterhin auf ihn gerichtet. Die Bewegung ist bedächtig, fast wie ein Raubtier, das seine Beute einkreist. »Mit Vergnügen«, sage ich kühl, meine Stimme tropft vor Selbstbewusstsein.

Mein Ziel ist klar. Ich hebe die Pistole ein wenig an und ziele direkt auf sein Herz. Kein Zögern. Kein Zittern. Nur kalte, harte Entschlossenheit.

Asmodeus lacht, tief und kehlig, ein Laut, der wie dunkler Donner durch den Raum rollt. »Du bist mehr als amüsant, Samuel. Aber du bist bei Weitem nicht auf meinem Niveau. Du bist so vorhersehbar. Du glaubst wirklich, du kannst mich mit deinen kleinen Waffen beeindrucken?«

Ich verenge die Augen und halte die Pistole weiterhin fest in meiner Hand, mein Griff fester als zuvor, ich spüre den Druckpunkt des Abzuges. Nur noch ein kleines Stück und die Waffe feuert.

»Diese Waffen haben schon mehr Dämonen zur Strecke gebracht, als du zählen kannst.«

Asmodeus schüttelt leicht den Kopf, sein Gesicht bleibt jedoch wie gemeißelt, unerschütterlich in seiner Überlegenheit. »Aber können sie auch gegen deine eigenen Begierden bestehen?«, fragt er, und in dem Moment leuchten seine Augen mit einem unheimlichen Licht auf, das mir wie ein Dolch in die Brust sticht. Es ist kein gewöhnliches Leuchten, sondern etwas Tiefes, das in meine Seele zu greifen scheint, als hätte er gerade eine unsichtbare Tür geöffnet, die ich verschlossen geglaubt hatte.

Bevor ich auch nur einen weiteren Satz hervorbringen oder den Abzug betätigen kann, fühle ich, wie sich die Realität um mich herum beginnt zu verformen. Es ist, als würde der Boden unter mir nachgeben, der Raum mit seinen düsteren, sündhaften Bildern von Lust und Gewalt sich zurückziehen und in sich selbst zusammenfallen. Die lauten, fleischlichen Geräusche der Orgie verblassen wie ein Hall, bis nichts als absolute Stille übrigbleibt.

Und dann – Dunkelheit. Tiefe, greifbare Schwärze, die mich umfängt. Es ist, als würde die Welt angehalten, jede Bewegung eingefroren. Doch dann blitzen Bilder auf, Visionen, so real, dass ich den schmalen Grat zwischen Illusion und Wirklichkeit für einen Augenblick nicht mehr unterscheiden kann.

KAPITEL 8:

PSYCHISCH-PHYSISCHE KÄMPFE

Als die Dunkelheit weicht, finde ich mich an einem Ort wieder, der gleichzeitig vertraut und fremd ist. hat er mich in einen Albtraum geführt, der so echt erscheint, dass ich mich frage, ob ich jemals wieder entkommen werde. Ich stehe in einem luxuriösen Zimmer, das nur von Kerzen erleuchtet wird. Und da, auf dem Bett, liegen fünf Frauen. Fünf überaus hübsche Frauen ... zumindest für Menschen.

»Sam«, flüstern sie, und ihre Stimmen klingen wie Musik in meinen Ohren. »Komm zu uns!«

Ich schlucke schwer. Das ist meine tiefste Begierde? Ein paar Frauen? Nein! Ich schüttele den Kopf, versuche, mich von dem Bild zu lösen. »So ein Schwachsinn ...«, murmele ich.

»Aber es könnte real sein«, sagt eine Stimme hinter mir. Asmodeus. »Ich kann dir alles geben, was du begehrst, Samuel. Macht, Liebe, Anerkennung. Alles, was dein Herz begehrt.«

Ich drehe mich um, sehe ihn durchdringend an. »Und was willst du dafür? Meine Seele?«

»Nur deine Loyalität«, antwortet er mit einem schiefen Grinsen.

Ich atme tief durch, spüre, wie die Bilder langsam an Kraft verlieren. Ich öffne meine Augen und sehe Asmodeus direkt an. »Vergiss es!«, rufe ich und richte meine Waffe wieder auf ihn. »Ich verkaufe mich nicht so billig.«

»Schade«, sagt Asmodeus und das Bild beginnt zu verblassen. »Du hättest so viel haben können.«

Ich blinzele und plötzlich bin ich wieder in der Realität, inmitten der Orgie, mit Asmodeus vor mir. »Ich brauche deine Geschenke nicht«, sage ich. »Ich nehme mir, was ich will. Und die Frauen, die du mir gezeigt hast, sind nichts was ich wirklich will!«

»Du bist ein interessanter Mann, Samuel«, sagt Asmodeus. »Aber letztendlich nur ein Mensch.«

»Mensch ... Beleidige mich nicht! Mittlerweile bin ich mehr als nur ein Mensch. Ich bin der, der dich zur Strecke bringen wird!«, entgegne ich.

»Wir werden noch sehen«, sagt Asmodeus und

macht einen Schritt auf mich zu.

Ich hebe meine Waffe, bereit zu schießen, aber in diesem Moment spüre ich eine Hand auf meiner Schulter. Ich drehe mich um und sehe Lysandra, meine Lysandra, mit einem besorgten Blick in ihren Augen, aber sie nickt mir zu. Ich wende mich wieder Asmodeus zu. »Bereit für die letzte Runde, Asmodeus?«

Ich stecke meine Pistole weg und ziehe stattdessen meine Dolche. Die kalte Klinge fühlt sich vertraut und beruhigend in meiner Hand an. Asmodeus beobachtet jede meiner Bewegungen mit einem amüsierten Lächeln.

»Komm schon, Sam. Zeig mir, was du kannst«, spottet er.

Ich antworte nicht, sondern stürze mich direkt auf ihn. Asmodeus ist schnell, schneller, als ich es erwartet habe. Er weicht mir aus und schafft es, hinter mich zu kommen. Bevor ich reagieren kann, hat er Lysandra gepackt und hält sie als Schutzschild vor sich.

»Feigling!«, rief ich. »Stell dich mir wie ein Mann!«

»Oh, Samuel, ich bin so viel mehr als nur ein Mann«, erwidert Asmodeus mit einem Grinsen.

Ich halte inne, meine Dolche immer noch bereit. Ich kann nicht riskieren, Lysandra zu verletzen.

»Lass sie los«, fordere ich, die Worte wie ein Grollen in meiner Kehle.

Asmodeus hebt eine seiner dämonischen Klauen, deren spitze Fingernägel wie schwarze Dolche glänzen. »Warum sollte ich?«, sagt er beiläufig, als wäre dies alles nur ein Spiel für ihn. »Sie scheint mir eine ausgezeichnete Geisel zu sein.«

Und dann, ohne Vorwarnung, zieht er die Klaue sanft über Lysandras Wange, gerade genug, um ihre Haut zu ritzen. Ein dünner, roter Streifen erscheint, und ein Tropfen Blut rinnt ihre Wange hinab. Sie zuckt nicht einmal zurück, obwohl ihre Lippen sich zu einer harten Linie pressen, während sie den Schmerz mit eisernem Willen unterdrückt.

»Lys!« Meine Stimme schneidet durch die Luft wie ein Messer, und die Wut in mir beginnt zu brodeln, bis sie zu einem alles verzehrenden Feuer wird.

Asmodeus grinst noch breiter, als würde er meine aufsteigende Raserei genießen. »Oh, schau nur, wie sehr es dich quält. Vielleicht ist sie mir sogar noch nützlicher, als ich dachte.« Er zieht Lysandra enger an sich, seine Klaue immer noch drohend nahe an ihrem Hals.

Ich spüre, wie meine Hände zittern, doch ich lasse die Dolche nicht sinken. »Das ist zwischen dir und mir, Asmodeus«, knurre ich, jede Silbe vor Wut zitternd. »Lass sie aus dem Spiel.«

»Aber sie ist doch der Grund, warum du hier bist, oder? Deine kleine Dämonenliebschaft«, spottet er.

Ich ignoriere seine Worte und konzentriere mich darauf, einen Weg zu finden, Lysandra zu befreien, ohne sie zu verletzen. »Ich warne dich, Asmodeus. Lass sie los, oder du wirst es bereuen.«

»Ich zittere vor Angst«, erwidert er sarkastisch.

In diesem Moment weiß ich, was ich tun muss. Ich muss ihn ablenken, ihn dazu bringen seine Aufmerksamkeit auf mich zu richten. Ich werfe einen meiner Dolche in seine Richtung, ziele aber absichtlich daneben.

Asmodeus lacht. »Du verlierst deine Fähigkeiten, Samuel.«

Das ist der Moment, auf den ich gewartet habe. Während er kurz abgelenkt ist, stürzte ich mich auf ihn, mein anderer Dolch bereit zum Stoß. Asmodeus ist sichtlich überrascht, aber er reagiert schnell und wehrt meinen Angriff ab. Doch ich lasse nicht locker. Ich greife immer wieder an, treibe ihn zurück, bis ich endlich eine Lücke in seiner Verteidigung finde.

Mit einem schnellen, präzisen Stoß treffe ich Asmodeus an der Seite, nachdem ich leider Lysandra leicht mit der Schneide gestreift habe. Das

Silber brennt sich durch ihre Haut, scheint aber nach ein paar Zentimetern zu stoppen. Noch einmal Glück gehabt!

Er schreit auf und lässt Lysandra los, die sofort zu Boden fällt. Ich nutze den Moment, um sie zu greifen und wegzuziehen, weg von Asmodeus Reichweite.

»Bist du okay?«, frage ich sie, während ich sie hinter mir halte.

»Ja, ich glaube schon«, antwortet sie, sichtlich erschüttert. »Das Silber brennt, aber die Wunde sieht nicht allzu schlimm aus, das wird schon wieder.«

Ich wende mich wieder Asmodeus zu, der den Dolch aus seinem Körper zieht und sich die Wunde an seiner Seite hält. Er lacht trotz seiner Verletzung. »Du bist wirklich einzigartig, Samuel. Aber das Spiel ist noch nicht vorbei.«

»Für dich schon«, entgegne ich und stürme auf ihn zu, bereit, den Kampf zu beenden.

Als ich auf Asmodeus zustürme, bereit, den finalen Schlag zu setzen, verändert sich plötzlich alles um mich herum. Die grelle Realität der Orgie verschwindet und ich finde mich in einer Welt wieder, die so dunkel und verlockend ist wie die Nacht selbst. Wieder eine der Illusionen ...

»Willkommen in deinem Herzen, Samuel«, höre

ich seine Stimme, als ob sie aus dem Nichts käme.

Ich stehe in einem Raum, der aussieht wie mein eigenes Apartment, aber alles war übertrieben luxuriös, ein Palast der Sünde und Dekadenz. Vor mir stehen Menschen, die ich kenne – Freunde, Feinde, Liebschaften aus der Vergangenheit. Jeder von ihnen sieht mich mit einer Mischung aus Bewunderung und Begehren an.

»Was ist das?«, frage ich, obwohl ich die Antwort bereits ahne.

»Das ist deine Welt, wie sie sein könnte«, antwortet Asmodeus. »Macht, Ruhm, unendliche Vergnügungen. Alles, was du dir je erträumt hast.«

Ich sehe mich um, spüre, wie die Verlockung dieser Vision an mir zerrt. Es ist, als ob jede meiner dunkelsten Begierden zum Leben erweckt worden wäre.

»Verführerisch, nicht wahr?«, fährt Asmodeus fort. »Du könntest der König dieser Welt sein. Alles, was du tun musst, ist, mir zu dienen.«

Ich schüttele den Kopf, versuchte, mich von dem Sog zu befreien. »Nein. Das ist nicht real. Das ist nur eine Illusion. Lass diese geistigen Spielchen, die haben schon Mammon nicht helfen können ...«

»Aber eine Illusion, die wahr werden könnte«, insistiert Asmodeus. »Denk nur an die Macht, die du haben könntest. Du könntest über Dämonen und

Menschen gleichermaßen herrschen. Du wärst der beste und Schönste von ihnen!«

Ich spüre, wie die Versuchung stärker wird, wie sie an meinem Willen zerrt. Aber tief in mir weiß ich, dass dies nicht der Weg war, den ich gehen will. Der Schönste ... das war nie ein Wunsch von mir. Ich spüre, dass sie nicht von mir kommt. Es ist Luzifer, der dies will und sich hier nun als meine Wünsche manifestieren.

»Ich will keine Herrschaft auf Lügen und Täuschung aufbauen«, sage ich fest. »Wenn dann werde ich sie mir ehrlich erkämpfen! «

»Ach, Samuel«, seufzt Asmodeus. »Du könntest so viel mehr sein, als nur ein einfacher Dämonenjäger. Du könntest ein Gott sein.«

Die Macht von Asmodeus ist erdrückend, fast überwältigend. Seine Fähigkeit, in die tiefsten Winkel meiner Seele zu blicken und meine dunkelsten Begierden gegen mich zu verwenden, ist wahrlich beängstigend. Ich spüre, wie meine Knie schwach werden, wie mein Dolch in meiner Hand zu zittern beginnt.

»Du kannst nicht gewinnen, Samuel!«, raunt Asmodeus, seine Stimme ein dunkles Echo in meinem Kopf. »Ich bin die Verkörperung deiner tiefsten Begierden. Gib nach, und all das kann dir gehören.«

Die Welt um mich herum beginnt zu flackern,

plötzlich befinde ich mich in einem Palast, größer und prächtiger, als ich es mir je hätte ausmalen können. Gold bedeckt jeden Zentimeter der Wände, der Boden ist mit Diamanten übersät, als wären sie nichts weiter als Kieselsteine. Ein Berg aus Reichtümern erstreckt sich vor mir, höher als ich es jemals erklimmen könnte. Frauen umringen mich – nicht nur Frauen, sondern auch Mädchen, kaum im Alter der Reife, ihre Augen voller Hingabe und Unterwerfung, während sie mich anlächeln, flehend um einen Funken meiner Aufmerksamkeit. Die Luft ist schwer von einer unnatürlichen Hitze, einer Hitze, die Mammon in mir entfacht.

Die Vision greift nach mir, wie Klauen, die sich tief in mein Fleisch graben. Ich kann sie spüren, diese gierige Macht, die sich um mich windet, wie eine Schlange, die darauf wartet, zuzudrücken. Sie flüstert mir zu, verspricht mir alles, was ich mir nie zu wünschen wagte. »Das ist die Welt, die du dir erkämpfen kannst«, zischt es in meinem Kopf. »Macht, Reichtum, Frauen – nichts und niemand könnte dir je widerstehen.«

Ich spüre, wie sich etwas in mir regt, wie ein dumpfes Brummen in der Tiefe meines Bewusstseins. »Das ist es, was du erreichen könntest. Du könntest über alles herrschen. Über die Hölle. Über die Erde. Über alles.«

Die Stimmen überschlagen sich, ein Chaos, das in meinem Kopf tobt wie ein Sturm. Ich schreie innerlich auf, kämpfe darum, nicht den Boden unter meinen Füßen zu verlieren. Meine Hände ballen sich zu Fäusten, meine Nägel graben sich schmerzhaft in meine Handflächen. Die Vision ist so lebendig, so verlockend, dass ich für einen Moment nicht mehr weiß, was real ist. Mein Atem geht schneller, meine Knie zittern, und ich spüre, wie mein Wille wie ein morscher Ast unter der Last dieser Versuchung zu brechen droht.

Mein Atem geht schneller, meine Knie zittern, und ich spüre, wie mein Wille wie ein morscher Ast unter der Last dieser Versuchung zu brechen droht. Doch tief in mir weiß ich: Diese Begierden, diese lockenden Bilder, sie sind nicht meine eigenen. Nein. Sie gehören ihnen. Den beiden Seelen, die in mir gefangen sind. Mammon, mit seiner ewigen Gier, die unersättlich alles verschlingen will – Macht, Reichtum, Körper, Seelen. Und Luzifer, mit seinem überwältigenden Stolz, seiner Besessenheit von Schönheit und Herrschaft. Es ist ihre Stimme, die in meinem Kopf widerhallt, ihre Wünsche, die mir diese Vision aufzwingen, nicht meine.

»**NEIN!**«, brülle ich schließlich, meine Stimme wie ein donnerndes Echo in der Dunkelheit meines

Geistes. »Das seid ihr! Das bin nicht ich! Eure Begierden, eure verdorbenen Sehnsüchte – ich lehne sie ab! Ich bin nicht euer Sklave! Ich bin der Meister hier! Nicht ihr! Nicht Luzi! Nicht Mammon! **ICH** bin derjenige, der entscheidet! Unterwerft euch mir, oder ich reiße euch mit in die Verdammnis!«

Die Stimmen stocken, als würde die Welt selbst den Atem anhalten. Ich spüre, wie die Essenzen von Mammon und Luzifer in meinem Inneren schwanken, sich winden, als würden sie gegen unsichtbare Fesseln kämpfen. Ihre Macht vibriert in mir, ein gefährlicher Druck, der kurz davorsteht, zu explodieren.

Doch ich lasse nicht nach. Ich halte die Kontrolle. »Ihr seid nichts ohne mich! Ich bin nicht euer Diener! Ihr gehört zu mir, nicht andersherum! Unterwerft euch, oder verschwindet für immer!«

Plötzlich spüre ich, wie etwas in mir nachgibt. Es ist, als würde ein unsichtbarer Knoten zerrissen werden. Die Vision beginnt sich zu verändern. Der Palast, der Reichtum, die Frauen – alles verblasst wie Rauch im Wind, bis nichts als Leere zurückbleibt. Mammon und Luzifer ziehen sich zurück, ihre Stimmen werden leiser, gedämpft, fast flehentlich. Und dann ... dann fühle ich es. Die Stimmen sind weg aber die Macht der Seelen bleibt!

Eine neue Vision entsteht, klar und lebendig,

doch sie kommt nicht von ihnen. Sie kommt von mir selbst - Lysandra.

Ihre Gestalt erscheint vor mir, stark und wunderschön. Ihr Körper ist von einer dunklen Eleganz erfüllt, die kein Gold, kein Reichtum, keine Macht je ersetzen könnte. Sie steht vor mir, ihr Blick ist fest und durchdringend, voller Hingabe, aber auch voller Herausforderung. Sie ist kein Spielzeug, kein Werkzeug – sie ist eine Partnerin, eine Kraft, die mich antreibt und stützt. Ihre Präsenz ist so real, so überwältigend, dass alles andere in den Schatten gestellt wird.

Ich spüre, wie sich eine seltsame Ruhe in mir ausbreitet, wie der Sturm in meinem Geist nachlässt. Mammon und Luzifer sind still, ihre Macht gebrochen, ihre Stimmen verschwunden. Alles, was bleibt, ist Lysandra – und ich.

Und für den ersten Moment seit Beginn dieses verdammten Spiels fühle ich mich wie ich selbst.

»Lys ...«, flüstere ich.

»Ja, Samuel ...«, antwortet Asmodeus, seine Stimme nun sanfter, verführerischer. »... sie kann ganz dir gehören. Alles, was du tun musst, ist dich mir zu unterwerfen.«

Ich schließe die Augen, versuche, die Bilder aus meinem Kopf zu verbannen. In der Dunkelheit hinter meinen Lidern suche ich nach einem Funken

Wahrheit, nach etwas Realem, an das ich mich klammern kann.

»Nein ...«, sage ich schließlich, meine Stimme fest, obwohl mein Körper immer noch zittert. Ich öffnete meine Augen und sehe ihn direkt an. »Ich brauche deine Illusionen nicht. Ich habe bereits, was ich will.«

»Und was wäre das?«, fragt Asmodeus, ein Hauch von Spott in seiner Stimme.

»Lys!«, antworte ich. »Sie ist bei mir, nicht wegen deiner Spiele, sondern weil sie es will.«

Asmodeus lacht. »Du bist ein Narr, Samuel. Aber ich muss zugeben, du bist ein interessanter Narr.«

»Ich mag ein Narr sein, Asmodeus, aber ich bin mein eigener Narr. Und ich werde nicht zulassen, dass du oder irgendjemand anderes das ändert.«

Die Illusion schwindet und Asmodeus bereitet sich auf einen weiteren Angriff vor, aber ich bin ihm einen Schritt voraus. Ich stürze mich auf ihn, mein Dolch blitzt im schwachen Licht der Orgie. Asmodeus weicht aus, aber ich bin schneller. Ich treffe ihn am Arm, ein flacher Schnitt, aber genug, um ihn zurückzudrängen.

Die Luft ist erfüllt von der elektrisierenden Spannung des Kampfes. Lysandra, obwohl sichtlich gezeichnet von Asmodeus Angriff und meiner stürmischen Rettungsaktion, steht an meiner Seite, ihre Augen funkeln mit einer Mischung aus Schmerz und Entschlossenheit.

»Du bist hartnäckig, Samuel«, spottet Asmodeus, während er sich geschmeidig bewegt, um meinen Angriffen auszuweichen. »Aber letztendlich immer noch nur ein Mensch.«

»Ein Mensch, der dir gerade ordentlich zusetzt«, erwidere ich grinsend, während ich einen weiteren Hieb mit meinem Dolch ausführe. In meiner linken Hand halte ich nun meine Pistole, bereit, sie jederzeit abzufeuern.

Lysandra konzentriert sich, ihre Hände leuchten mit einer dunklen Energie. Sie schleudert einen Strahl dunkler Magie auf Asmodeus, der ihn kurzzeitig aus dem Gleichgewicht bringt.

»Du bist stärker, als ich dachte, Lysandra«, sagt Asmodeus, während er sich wieder fängt. »Aber bei weitem nicht stark genug, um mir wirklich gefährlich zu werden ...«

Ich nutze diesen kleinen Moment der Ablenkung und feuere mehrere Schüsse aus meiner Pistole auf Asmodeus ab. Die Kugeln, gefertigt aus massivem Silber, zischen durch die Luft und treffen ihn. Er zuckt zusammen, als die Kugeln seine Haut durchbohren, aber er bleibt weiterhin standhaft.

»Nun stirb endlich!«, rufe ich ihm zu, während ich weiter auf ihn einsteche und schieße.

»Dein Mut ist bewundernswert, aber letztlich zwecklos«, entgegnet Asmodeus, während er einen Gegenangriff startet.

Ich weiche aus, spüre aber die Kraft seiner Schläge. Jeder Treffer ist wie ein Hammerschlag, und ich weiß, dass ich nicht ewig durchhalten kann.

»Sam, pass auf!«, ruft Lysandra, als sie einen weiteren magischen Angriff startet.

Ich nicke ihr zu, dankbar für ihre Unterstützung. Gemeinsam sind wir ein starkes Team, und ich spüre, wie unsere Kräfte sich ergänzen.

»Du kannst nicht gewinnen, Asmodeus«, rufe ich, während ich einen weiteren Schuss abfeuere. »Wir sind gemeinsam stärker als du denkst.«

Ich spüre, wie er sich auf etwas vorbereitet, eine Art letztes Aufbäumen. Ich muss jetzt schnell handeln.

»Lys, jetzt!«, rufe ich.

Sie versteht sofort und konzentriert ihre ganze Kraft in einen mächtigen Angriff. Ich stürme vorwärts, mein Dolch bereit für den finalen Schlag.

Asmodeus sieht uns kommen, seine Augen blitzten vor Wut und Entschlossenheit. Aber es ist zu spät für ihn. Lysandra trifft ihn mit ihrer dunklen

Magie, während ich gleichzeitig mit meinem Dolch zusteche. Ich gleite unter seinem Bein hindurch, und in einer fließenden, präzisen Bewegung stoße ich meinen Dolch nach oben. Die Klinge gleitet mit tödlicher Präzision unter den Lendenschurz und trifft ihr Ziel.

Ein ohrenbetäubender Schrei hallt durch den Raum, tief, durchdrungen von Schmerz und einem Funken Ungläubigkeit. Blut spritzt in einem dunklen Schwall hervor, während Asmodeus zurücktaumelt und seine Hände instinktiv zwischen seine Beine presst. Ich bleibe stehen, die Klinge des Dolches noch von seinem Blut befleckt, und blicke ihm grinsend an, während er mit verzerrtem Gesicht nach Luft schnappt.

Dann sehe ich es. Ein unförmiges, blutiges Stück Fleisch fällt mit einem dumpfen *Plopp* auf den Boden. Einer seiner Hoden.

Ich mustere den zuckenden Asmodeus und lasse ein kaltes, sarkastisches Lächeln auf meinem Gesicht erscheinen.

»Nur einer? Ach, schade. Ich dachte, ich hätte beide erwischt ...«

Mit einem langsamen Schritt trete ich näher, schubse Asmodeus nach hinten, hebe meinen Stiefel und trete mit aller Wucht auf das blutige Überbleibsel. Ein widerliches Geräusch erfüllt den Raum, als es unter meinem Stiefel zerquetscht wird.

»Das war einfacher, als ich dachte«, sage ich, meine Stimme triefend vor Spott. »Weißt du, Asmodeus, ich hatte gehofft, du würdest etwas mehr Kampfgeist zeigen.«

Sein Atem ist schwer, seine Zähne zusammengebissen, während er mich mit einem Blick anstarrt, der zwischen tödlichem Hass und purer Erniedrigung schwankt. »Du ...«, knurrt er, die Worte kaum hörbar durch den Schmerz. »Du wirst ... dafür bezahlen.«

Ich zucke mit den Schultern, die Klinge meines Dolches lässig in der Hand haltend. »Oh, ich glaube nicht. Du siehst nicht gerade so aus, als wärst du in der Verfassung, Rechnungen zu stellen.«

Asmodeus taumelt zurück, seine Beine wanken. Doch selbst in diesem Moment, in dem er sichtlich geschwächt ist, lodert in seinen Augen immer noch der Funken eines Höllenprinzen. Er richtet sich ein Stück weit auf, die Hände noch immer zwischen seine Beine gepresst, und versucht, seine Fassung wiederzuerlangen.

»Du denkst, das schwächt mich?«, zischt er, seine Stimme vor Zorn und Verachtung triefend. »Ich bin Asmodeus, der Prinz der Wollust. Du kannst mir nicht meine Essenz nehmen.« Doch seine Worte klingen leer, und ich kann sehen, wie er unter der Last seiner Verletzung zu zerbrechen beginnt.

»Du magst vielleicht jetzt die Schlacht gewonnen haben, Samuel«, sagt er. »Aber denk daran, der Kampf gegen das Böse ist niemals vorbei. Und den Krieg werde ich gewinnen!«

»Das weiß ich«, erwiderte ich. »Aber heute haben wir gesiegt. Und das ist alles, was zählt.«

Mit diesen Worten stoße ich meinen Dolch vorwärts, direkt in sein Herz. Er stöhnt auf, dann fällt er zu Boden.

Ich atme tief durch, erschöpft, aber zufrieden und nehme meinen Dolch wieder an mich. Erste Rauchschwaden kräuseln sich aus seiner Wunde und steigen langsam auf. Ich habe es geschafft. Asmodeus ist besiegt!

»Gut gemacht, Sam«, sagt Lysandra, während sie zu mir tritt.

Als Asmodeus geschwächter Körper zu Boden fällt, erwartete ich den Triumph, den finalen Atemzug des besiegten Dämonenprinzen. Warte darauf, dass sein Körper durch das Silber gänzlich zu Staub und Asche zerfällt.

Stattdessen, mit einem letzten Akt der Verzweiflung, reißt er ein Dämonenportal unter sich auf und verschwindet in einem Wirbel dunkler Energie.

»Verdammt!«, fluche ich und starre auf die

Stelle, wo das Portal sich geschlossen hat. »Er ist entkommen. Wieso hat ihn das Silber nicht vernichtet? Wir müssen ihn finden, bevor er sich erholt.«

Lysandra hebt schwach ihre Hand und legt sie auf meine. »Sam, ich brauche Zeit, um mich zu erholen. Asmodeus wird länger als wir brauchen um sich zu erholen ... wir haben Zeit ...«

Ich sehe in ihre Augen, die trotz ihrer Schwäche immer noch diesen unverwechselbaren Glanz haben. Sie ist erschöpft, angeschlagen, aber ihre Haltung bleibt trotzig, ungebrochen. »Natürlich ...«, sage ich schließlich, meine Stimme leiser als zuvor. Meine Hand streicht unbewusst über ihre, ein kurzer Moment der Ruhe nach dem Sturm.

Plötzlich höre ich, wie sich die Tür öffnet – ein Geräusch, das mich sofort alarmiert. Meine Hand gleitet reflexartig zur Waffe, bevor ich mich überhaupt umdrehe. Doch was ich sehe, lässt mich innehalten.

Ein Trupp uniformierter Männer und Frauen betritt den Raum. Ihre Kleidung ist dunkel, fast militärisch, mit taktischer Ausrüstung und dem silbernen Emblem der OSIT – Occult Special Investigation Team – auf der Brust. Die Luft wird kälter, schwerer, als einer der Männer, ein großgewachsener Typ mit grauem Haar und einem Gesicht, das mehr Narben als Haut zu haben scheint, direkt auf uns zusteuert.

»Samuel«, sagt er, seine Stimme ruhig, fast autoritär, mit einem Unterton von Gereiztheit. »Du hättest und früher rufen lassen sollen.«

Caleb tritt neben mich und nickt dem Mann knapp zu. Offenbar kennt er ihn. »Die Mädchen sind in Sicherheit«, sagt Caleb, bevor ich überhaupt die Gelegenheit habe, zu fragen. »Die übrigen Anwesenden werden entfernt. Die OSIT kümmert sich um den Rest.«

Ich sehe mich um, beobachte, wie die Agenten der OSIT systematisch die Überlebenden evakuieren. Manche der Gäste wirken wie in Trance, als wüssten sie nicht, wo sie sind. Andere murmeln noch immer von heiligen Zeremonien, doch sie werden ohne Widerstand abgeführt. Zwei Agenten untersuchen den Altarraum, ihre Bewegungen präzise, fast klinisch, während ein dritter Agent eine der schwarzen Kerzen aufnimmt und sie in einen versiegelten Behälter steckt. Ihre Effizienz ist beeindruckend – und irgendwie beunruhigend.

»Die Mädchen sind in Sicherheit?«, frage ich schließlich, meine Stimme schärfer, als ich beabsichtige.

Caleb nickt erneut. »Ja. Sie sind unverletzt. Es ist vorbei.«

Mein Blick gleitet zurück zu Lysandra, die mich schwach anlächelt, während sie sich gegen die

Wand lehnt. Ihre Augen beobachten die OSIT-Agenten, wie eine Raubkatze, die auf der Lauer liegt.

»Vorbei ...«, murmle ich mehr zu mir selbst. Doch das Wort schmeckt bitter auf meiner Zunge. »Vorbei?«, sage ich lauter und drehe mich zu Caleb. »Nichts ist vorbei! Asmodeus ist immer noch da draußen! Und ich werde nicht zulassen, dass er ungestraft davonkommt.«

»Das mag sein«, antwortet Caleb und legt mir eine Hand auf die Schulter. »Aber du kannst nicht weiterkämpfen, wenn du dich selbst zerstörst. Selbst ein Dämonenjäger muss seine Kräfte sammeln.«

Ich sehe ihn an, dann Lysandra. Die Wahrheit seiner Worte schmerzt mehr, als ich zugeben will. Ich lasse meine Hand von der Pistole sinken und nicke widerwillig. »In Ordnung«, murmele ich. »Aber nur kurz. Dann jagen wir ihn bis ans Ende der Welt, wenn es sein muss.«

Lysandra hebt den Kopf und schenkt mir ein schwaches, aber herausforderndes Lächeln. »Das werden wir«, sagt sie leise, ihre Stimme voller Entschlossenheit.

Ich balle die Fäuste, meine Nägel graben sich in meine Handflächen. »Warum nur hat ihn das Silber nicht getötet?«, frage ich laut, mehr zu mir selbst als zu Caleb, der nun wieder zu mir tritt.

Caleb, der mit nachdenklichem Blick die leere Stelle anstarrt, wo Asmodeus verschwunden ist, antwortet: »Es muss das Artefakt sein, das er besitzt. Es schützt ihn irgendwie. «

»Dann werde ich dieses Artefakt finden und zerstören. Dann werde ich Asmodeus in Staub und Asche verwandeln.«

Caleb sieht mich ernst an. »Es wird nicht einfach sein, Sam. Wir wissen nicht einmal, was dieses Artefakt ist oder wo es sich befindet. «

In dem Raum, wo die Nachwirkungen der Orgie noch in der Luft hängen, stehe ich nun da, bereit, ein Portal zu öffnen. Caleb und Lysandra beobachten mich, ihre Blicke mischen sich mit einer Mischung aus Bewunderung und Besorgnis.

»Bereit für einen kleinen Trip durch ein Höllenportal?«, frage ich, während ich meine Hände ausstrecke. Die dunkle Energie der Dämonenseelen von Luzifer und Mammon brodelt tief in mir, bereit, meinem Willen zu gehorchen.

Caleb runzelt die Stirn. »Du kannst einfach so ein Portal öffnen?«

»Natürlich!«, antworte ich mit einem selbstgefälligen Grinsen. »Ich bin nicht irgendein einfacher Dämonenjäger ...«

»Du hörst nie auf, mich zu beeindrucken, Sam«, antwortet Caleb.

Die Luft um meine Hände beginnt zu flimmern, und ein dunkler Spalt öffnet sich vor uns.

»Wow«, murmelt Caleb, sichtlich beeindruckt.

»Willkommen in meiner Welt«, sage ich und trete durch das Portal hindurch, gefolgt von Caleb und Lysandra. Wir treten in meine Wohnung ein, ein Ort, der im Vergleich zu dem, was wir gerade erlebt haben, fast normal wirkt.

»Nicht schlecht«, sagt Caleb, während er sich umsieht. »Ein bisschen düster, aber es passt zu dir.«

»Düster ist mein zweiter Vorname«, erwidere ich und werfe meine Waffen auf den Tisch.

Lysandra lässt sich auf das Sofa fallen, ihre Erschöpfung ist offensichtlich. »Was ist jetzt der Plan, Sam?«

»Zuerst ruhen wir uns aus«, sage ich und setze mich neben sie. »Dann finden wir dieses verdammte Artefakt und machen Asmodeus den Garaus.«

»Einfach gesagt«, murmelt Caleb. »Aber wie finden wir es?«

»Kommt Zeit kommt Rat ...«, antworte ich. »Ich hoffe hier darauf, dass du das für uns herausfindest Caleb.«

»Ich versuche es«, antwortet er.

In der Stille meiner Wohnung, die nur vom gelegentlichen Knistern der Kerzen durchbrochen wird, sitze ich mit Lysandra zusammen. Caleb hat sich in einen anderen Raum zurückgezogen, um uns etwas Privatsphäre zu geben.

»Wir müssen reden, Sam«, beginnt Lysandra, ihre Stimme ernst.

Ich lehne mich zurück und verschränke die Arme. »Über uns?«

»Ja«, sagt sie und sieht mich direkt an. »Was sind wir, Sam? Was bedeutet das alles hier?«

Ich zögere einen Moment. »Wir sind … kompliziert.«

»Kompliziert«, wiederholt sie und seufzte »Das ist mehr als nur eine Untertreibung. «

»Hör zu, Lysandra«, sage ich und rücke näher zu ihr. »Ich weiß, dass das alles verrückt ist. Du bist eine Dämonin, ich bin ein Dämonenjäger. Aber ich kann nicht leugnen, dass da etwas zwischen uns ist.«

»Etwas, das über körperliche Anziehung hinausgeht«, fügt sie hinzu.

»Genau«, stimme ich zu. »Ich habe noch nie so etwas für jemanden empfunden. Nicht so.«

»Aber was bedeutet das für unsere Zukunft?«,

fragt sie. »Können wir überhaupt eine haben?«

»Ich weiß es nicht«, gebe ich zu. »Aber ich bin bereit, es herauszufinden.«

Ihre Hand gleitet über mein Gesicht. »Aber was bedeutet das für uns, Sam? Was passiert mit uns? Was passiert mit dir? Was wirst du tun, wenn du zu dem Dämon wirst, der in dir lebt?«

»Ich weiß es nicht«, sage ich leise. »Aber ich bin bereit, es herauszufinden. Ich habe das Gefühl, dass das der Weg ist, den ich gehen muss. Ich fühle die Veränderung, Lys. Aber das ist der Preis. Der Preis für Macht. Der Preis für das, was ich tun muss, um meine Seelensplitter zurückzubekommen. Der Preis um die Prinzen zu vernichten!«

Lys umarmt mich und flüstert mir zu »Ich liebe den Dämonen in dir, Sam. Und wenn du weiter diesen Weg gehst, werde ich bei dir sein, bis zum Ende.«

In diesem Moment tritt Caleb wieder ein. »Ich habe nachgedacht«, sagt er. »Über Asmodeus und sein Artefakt. «

»Und?«, frage ich, während ich mich von Lysandra löse.

»Ich glaube, ich weiß, wie wir es schwächen können«, sagt er. »Es gibt eine heilige Reliquie in meiner alten Kirche. Sie könnte das Artefakt beschädigen oder sogar zerstören.«

KAPITEL 9:
DIE SUCHE NACH REINHEIT

In den frühen Morgenstunden, als die Stadt noch in Dunkelheit gehüllt ist, machen wir uns auf den Weg zu Calebs alter Kirche. Die Straßen sind verlassen und leer. Die Stille ist fast unheimlich. Ich kann spüren, wie Lysandra neben mir geht, ihre Präsenz ist beruhigend und gleichzeitig aufregend.

»Also, Caleb«, beginne ich, während wir durch die verlassenen Straßen gehen. »Erzähl uns mehr über diese Reliquie. Was genau ist das?«

Caleb, der vor uns geht, dreht sich um und sieht mich an. »Es ist ein Kreuz, das angeblich von einem Heiligen gesegnet wurde. Es soll eine starke Kraft gegen das Böse haben.«

»Ein Kreuz, hm?«, murmele ich. »Und du

glaubst, dass es Asmodeus Artefakt schwächen kann?«

»Ich bin mir fast sicher«, antwortete Caleb.

Während wir in Richtung der Kirche gehen, beginnt Caleb, mehr über seine Vergangenheit zu erzählen. »Ich war einmal ein überaus gläubiger Mann«, beginnt er zu erzählen. »Aber die Kirche ... sie hat mich enttäuscht. Zu viel Korruption, zu viel Heuchelei.«

»Ich kann mir vorstellen«, sage ich. »Religion war nie mein Ding. Zu viele Regeln, zu viele Einschränkungen. Zu viele antiquierte Rituale.«

»Es geht nicht um die Regeln, Sam«, sagt Caleb. »Es geht um den Glauben. Den Glauben an etwas Größeres als uns selbst.«

»Nun, ich glaube an mich selbst«, erwidere ich. »Das hat bisher ganz gut funktioniert.«

Caleb lächelt. »Vielleicht ist das dein Weg, Sam. Aber manchmal brauchen wir etwas Größeres, um uns durch die Dunkelheit zu führen.«

Ich will gerade etwas erwidern, als Lysandra plötzlich stehen bleibt. »Wir sind nicht allein«, flüstert sie.

Ich ziehe meine Silberdolche und sehe mich um. »Zeit, herauszufinden, wer uns Gesellschaft leistet.«

Kaum habe ich die Worte ausgesprochen, da springen Dämonen aus den Schatten hervor und greifen uns an.

»Na endlich! Ich dachte schon, dieser Ausflug wird langweilig.«

Caleb zieht ein kleines Kreuz und beginnt, lateinische Gebete zu murmeln, während Lysandra ihre dämonischen Kräfte entfesselt. Die Dämonen kreischen und stürzen sich auf uns.

Ich springe direkt in die Menge, meine Dolche blitzen im schwachen Licht. Jeder meiner Schläge ist präzise und tödlich. Ich fühle mich wie ein Künstler, der sein Meisterwerk erschafft – nur dass mein Medium Blut und mein Pinsel kalter Stahl sind.

»Nicht schlecht, Sam«, ruft Lysandra, während sie einen Dämon mit einem Energiestoß wegschleudert.

»Ich bin immer gut«, erwidere ich und schneide einem weiteren Dämon die Kehle durch. »Du solltest das mittlerweile doch wissen.«

Caleb kämpft mit einer Mischung aus physischen Angriffen und Gebeten. Es ist faszinierend zu sehen, wie er seine religiösen Überzeugungen als Waffe nutzt.

»Wir sollten uns beeilen«, ruft er, während er einen Dämon mit einem gezielten Schlag zu Boden bringt. »Wir wissen nicht, wie viele noch kommen werden.«

»Keine Sorge«, sage ich und trete einem Dämon in den Bauch. »Ich könnte das den ganzen Tag machen.«

Aber Caleb hat recht. Wir müssen weiter. Ich werfe einen letzten Blick auf die gefallenen Dämonen und folge meinen Gefährten zur Kirche.

Als wir die Kirche erreichen, wird sie zu unserer Überraschung nicht bewacht. Niemand ist außerhalb, noch innerhalb der Kirchen. Caleb führt uns zu einer versteckten Tür, die uns zu den Katakomben tief unter der Kirche führt. Die Luft ist kühl und feucht, und ich kann den Geruch alter Bücher und Kerzenwachs wahrnehmen.

»Diese Katakomben wurden seit Jahrhunderten nicht mehr benutzt«, erklärt Caleb, während wir tiefer hinabsteigen. »Sie waren einst ein Ort der Meditation und des Gebets.«

»Und jetzt ein perfekter Ort, um eine heilige Reliquie zu verstecken«, füge ich hinzu.

»Das ist zu einfach«, murmelt Lysandra misstrauisch.

»Vielleicht hat Asmodeus nicht damit gerechnet, dass wir so schnell handeln«, meint Caleb, der vor uns durch das Labyrinth an Gängen geht.

»Oder es ist eine Falle«, sage ich und ziehe meine Pistole. »Bleibt wachsam.«

Ich fühle mich wie ein Raubtier, das in ein unbekanntes Territorium eindringt, bereit, auf jede Bedrohung zu reagieren.

»Es fühlt sich an, als ob wir beobachtet werden«, flüstert Lysandra.

»Ich habe immer das Gefühl, beobachtet zu werden«, erwidere ich. »Es ist der Preis der Berühmtheit.«

Caleb führt uns durch die stillen Gänge, sein Gesicht angespannt vor Konzentration. »Die Reliquie sollte hier unten sein«, sagt er und deutete auf eine weitere versteckte Tür.

»Na dann, lasst uns dieses heilige Ding finden«, lache ich und gehe voran, die Dunkelheit durchdringend wie ein Messer durch Butter. »Und dann zeigen wir Asmodeus, mit wem er sich angelegt hat.«

Caleb deutet nach rechts. »Da lang.«

»Du kennst dich hier gut aus«, bemerke ich.

»Ich habe viele Jahre hier verbracht«, antwortet er. »Es war einmal so etwas wie mein Zuhause.«

Wir bewegen uns weiter durch die Katakomben, die Luft wird immer kälter und der Geruch von Feuchtigkeit und Verfall wird immer stärker. Ich kann spüren, wie Lysandra neben mir zittert.

»Alles in Ordnung?«, frage ich.

»Ja ...«, antwortet sie. »Es ist nur ... dieser Ort ist zu heilig für meinen Geschmack. Ich fühle mich in der Hölle wohler. Hier habe ich das Gefühl als würde ich jeden Augenblick in Flammen aufgehen.«

»Keine Sorge«, ermuntere ich sie und lege meinen Arm um sie. »Ich bin hier. Und ich lasse nichts und niemanden an dich ran.«

Caleb stupst mich an und sagt. »Da vorne nach links. Die Reliquie sollte in der Kapelle der Märtyrer sein. Sie ist seit Jahrhunderten dort aufbewahrt.«

»Klingt nach einem Ort, an dem man eine heilige Reliquie verstecken würde«, sage ich und spiele mit der Waffe in meiner Hand. »Bereit für alles, was uns in diesen gruseligen Gängen begegnen könnte.«

Wir erreichten eine große, gewölbte Tür, die mit alten, verblassten Symbolen verziert ist. Caleb zieht einen alten, rostigen Schlüssel hervor und schiebt ihn in das Schloss. Mit einem knarrenden Geräusch schwingt die Tür auf und enthüllt eine kleine Kapelle, die in schwaches Licht getaucht ist.

»Wow, das ist ... beeindruckend«, sage ich und trete in den Raum, meine Augen an die Dunkelheit gewöhnt. Die Kapelle ist mit Fresken bedeckt, die Szenen von Märtyrern und Heiligen darstellen, ihre Gesichter von Zeit und Feuchtigkeit verwaschen.

»Dort, in der Mitte«, sagt Caleb und deutet auf

einen Altar am Ende der Kapelle. Auf ihm liegt ein kleines, unscheinbares Objekt, das in ein altes Tuch gewickelt ist.

»Das ist es also ...«, murmele ich und gehe auf den Altar zu. »Die Reliquie, die uns helfen soll, Asmodeus zu besiegen.«

»Sei vorsichtig, Sam!«, warnt Lysandra. »Wir wissen nicht, welche Kräfte sie birgt.«

Ich ziehe das Tuch zurück und es enthüllt ein kleines, aber kunstvoll gearbeitetes Kreuz. Es schimmert im schwachen Licht, als würde sie eine innere Kraft besitzen.

»Sieht harmlos genug aus«, sage ich und hebe sie vorsichtig auf. »Aber ich wette, Asmodeus wird das anders sehen.«

Ich strecke meine Hand aus, um die Reliquie zu ergreifen, als Caleb mich abrupt stoppt. »Warte, Sam. Es gibt etwas, das du wissen musst.«

Ich halte inne, meine Hand ruht einige Zentimeter über dem Kreuz und ich drehe mich zu ihm um. »Was denn?«

»Die Reliquie«, beginnt Caleb, seine Stimme ernst und vorsichtig. »Sie ist nicht nur ein physisches Objekt. Sie ist ein Prüfstein der Reinheit. Sobald du sie berührst, wirst du einer magischen Prüfung unterzogen.«

»Einer Prüfung der Reinheit?« wiederhole ich

und lache leise. »Du weißt schon, mit wem du sprichst, oder? Ich bin nicht gerade das, was man als ›rein‹ bezeichnen würde.«

»Es geht nicht um psychische Reinheit oder um die Sünden, die du begangen hast«, erklärt Caleb. »Es geht um deine Absichten. Die Reliquie wird erkennen, ob du würdig bist, sie zu tragen, oder ob du ihre Macht missbrauchen willst.«

Lysandra tritt näher. »Was passiert, wenn er … nicht würdig ist?«

Caleb zögert. »Die Folgen könnten … schmerzhaft sein. Die Reliquie könnte ihn zurückweisen, und das auf eine Weise, die nicht gerade angenehm ist.«

Ich betrachte die Reliquie nachdenklich. »Also eine magische Prüfung meiner Seele, hm? Klingt nach einem typischen Dienstag.«

»Sam, das ist ernst …«, warnt Lysandra. »Du könntest dich ernsthaft verletzen.«

Ich nicke langsam, mein Blick immer noch auf die Reliquie gerichtet. »Ich weiß. Aber wir brauchen das Ding, um Asmodeus zu besiegen. Ich muss das Risiko eingehen.«

Mit einem tiefen Atemzug bewege ich meine Hand langsam nach unten auf das Kreuz. Als ich die Reliquie berühre, fühlt es sich an, als würde ich in einen Strudel aus Erinnerungen und Emotionen gezogen. Bilder meiner Vergangenheit blitzen vor meinen Augen auf – jede Sünde, jeder Fehler, jedes Mal, wenn ich jemanden unschuldigen verletzt habe. Jeder verursachte Tot den ich auf meine Seele gebunden habe, auch wenn es nur Dämonen waren. Ich durchlebe jeden Moment gleichzeitig. Es ist, als würde ich in einen Spiegel schauen, der nur die dunkelsten Teile meiner Seele reflektiert.

»*Um Vergebung bitten?*«, murmele ich spöttisch in mich hinein, während die Bilder mich umtosen. »*Wieso sollte ich? Ich habe getan, was getan werden musste. Ich bin ein Jäger, kein Heiliger!*«

Aber die Bilder lassen nicht nach. Sie zeigen mir die Gesichter derer, die ich verletzt hatte, die Tränen, die ich verursacht habe. Ich sehe die Enttäuschung in den Augen meiner Kollateralschäden, die in meiner blinden Wut in den Kämpfen mit den Dämonen gefallen sind, höre ihre Vorwürfe.

»*Das ist lächerlich!*«, knurre ich, während ich versuche, die Bilder abzuschütteln. »*Ich brauche keine Vergebung. Ich habe meine Gründe gehabt. Jeder Schritt, den ich getan habe, war notwendig.*«

Aber tief in mir weiß ich, dass das nicht ganz stimmt. Es gab Momente, in denen ich zu weit gegangen bin.

»**Nein!**«, rufe ich laut, meine Stimme zittert vor

Trotz. »Ich werde mich nicht entschuldigen! Ich bin, wer ich bin. Ich habe meine Dämonen, ja. Aber ich habe auch Gutes getan. Ich habe Dämonen gejagt, die Welt ein bisschen sicherer gemacht!«

Die Bilder beginnen zu verblassen, als ob sie meine Entschlossenheit spüren. Ich spüre, wie das Kreuz in meiner Hand leichter wird, als ob sie mein Gewicht, meine Last anerkennt.

»*Du bist vielleicht nicht rein, Sam*«, flüstert eine mir unbekannte Stimme in meinem Kopf, die Stimme der Reliquie selbst. »*Aber du hast den Willen, gegen das Böse zu kämpfen. Das macht dich würdig, solange du nicht selbst zum Bösen wirst.*«

Mit einem letzten Aufbäumen der Bilder lösen sie sich auf, und ich stehe wieder in der Kapelle, das Kreuz fest in meiner Hand.

»Sam, bist du in Ordnung?«, fragt Caleb besorgt.

Ich nicke langsam. Lysandra tritt an meine Seite und legt ihre Hand auf meine Schulter. Ich betrachte das Kreuz in meiner Hand. »Jetzt ist es an der Zeit, Asmodeus zu zeigen, was es heißt, sich mit mir zu messen«, sage ich mit einem entschlossenen Lächeln.

In dem Moment, als wir uns bereit machten, die Katakomben zu verlassen, hören wir das unverkennbare Geräusch von klappernden Knochen und das

Zischen einer dämonischen Präsenz. Ein Dämon, dessen Haut wie geschmolzene Lava glüht und dessen Augen in einem unheilvollen Rot leuchten, tritt aus den Schatten. »Na, na, was haben wir denn hier?«, zischt er, seine Stimme ein unangenehmes Kratzen. »Ein Jäger, eine Abtrünnige und ein gefallener Priester. Was für eine entzückende kleine Versammlung.«

»Sieht so aus, als hätten wir einen Spion, Freunde«, werfe ich ihm zu.

Bevor einer von uns reagieren kann, wirft der Dämon einen Blick auf die Reliquie in meiner Hand und sein Grinsen verwandelt sich in ein erschrockenes Keuchen. Ohne ein weiteres Wort verschwindet er in einem Wirbel aus Rauch und Feuer.

Caleb sieht mich besorgt an. »Wir sollten hier verschwinden, bevor noch mehr von ihnen auftauchen.«

»Ich kann uns ein Portal öffnen«, biete ich an.

Caleb schüttelt den Kopf. »Nein, bitte nicht noch eines dieser dämonischen Portale. Lasst uns zu Fuß gehen ...«

Ich zucke mit den Schultern, obwohl ich innerlich über die Ineffizienz stöhne. »Wie du meinst.«

Wir machten uns auf den Weg durch die dunklen, feuchten Gänge der Katakomben, wobei ich die Führung übernehme.

KAPITEL 10:

DIE ARMEE DER VERDAMMTEN

Wir eilen durch die Katakomben. Caleb und Lysandra folgen mir, wobei Caleb gelegentlich nervöse Blicke über seine Schulter hinter uns wirft. Er seufzt leise. »Ich hoffe nur, dass wir keine weiteren unangenehmen Überraschungen erleben.«

»Entspann dich. Was könnte schon schiefgehen?« Ich zwinkere ihm zu, obwohl ich innerlich auf der Hut bin und insgeheim genau darauf hoffe.

Wir erreichen schließlich das Ende der Katakomben und treten in die kühle Nachtluft der Stadt. Die Straßen sind immer noch still, fast gespenstisch leer, als ob die Stadt ihren Atem anhält.

Während wir durch die verlassenen Straßen gehen, kann ich nicht umhin, ein Gefühl der Unruhe zu spüren. Es ist, als ob uns unsichtbare Augen beobachteten.

»Spürst du das auch?«, fragt Lysandra leise.

Ich nicke. »Ja, gleich geht der Spaß wieder los!«

Caleb zieht ein Fläschchen mit geweihtem Wasser hervor und hält es fest in seiner Hand. »Wir sollten auf alles vorbereitet sein.«

»Wir hätten ein Portal nutzen sollen ...«, murmele ich zu Caleb in die Nacht.

Plötzlich bricht die Stille durch ein markerschütterndes Heulen. Aus den Schatten treten Dämonen, einer nach dem anderen, ihre Augen glühend vor Hunger und Bosheit.

»Sieht so aus, als hätten wir Gesellschaft ...«

Lysandra verwandelt sich in ihre wahre Gestalt, eine beeindruckende Dämonin mit schimmernden dunkelroten Schuppen und gefährlichen Klauen. Caleb hält sein Fläschchen bereit, seine Augen fest entschlossen. Ich ziehe unbeeindruckt meine Pistole und prüfe ob Patronen in den Kammern sind.

Die Dämonen stürmen auf uns zu, ihre Krallen bereit, uns in Stücke zu reißen. Ich feuere meine Pistole ab, jeder Doppelschuss ein silberner Bote des Todes. Lysandra kämpft mit einer wilden Anmut, ihre Klauen reißen durch dämonisches Fleisch, als wäre es Butter.

Caleb spritzt das geweihte Wasser, das bei Kontakt mit den Dämonen zischt und sie in Rauch auflöst. Trotz der Überzahl scheinen wir die Oberhand zu haben.

»Das ist alles, was Du zu bieten hast?«, rufe ich herausfordernd. »Ich bin enttäuscht, Asmodeus!«

Aber in dem Moment, als ich das rufe, spüre ich eine Veränderung in der Luft. Eine dunkle, erdrückende Präsenz nähert sich. Endlich!

Die Luft zerreißt, als Dutzende von Dämonenportalen sich vor uns öffnen. Aus ihnen strömen Asmodeus Diener, eine endlose Flut von Monstrositäten, die die Straßen füllen. Asmodeus selbst ist ebenfalls hier, aber bleibt im Hintergrund, ein dunkler, beobachtender Schatten, der seine Schergen in die Schlacht schickt.

»Na großartig«, murmele ich und ziehe einen meiner Silberdolche. »Eine Party, und jeder Dämon der Stadt ist eingeladen ...«

Caleb blickt besorgt auf die Reliquie in meiner linken Hand. »Sam, wir müssen die Reliquie nutzen. Sie könnte unsere einzige Chance sein.«

Ich nicke, das Kreuz fest umklammernd. Ich habe dieses Ding schon wieder fast vergessen. »Okay.« Mit einem Blick auf das Kreuz flüstere ich »Zeig mir, was du kannst ...«

Lysandra steht bereit, ihre Augen blitzen gefährlich. »Was auch immer du tust, mach es schnell.«

Ich konzentriere mich auf die Reliquie, spüre ihre alte, heilige Kraft. »*Hör zu, du altes Stück Heiligtum, jetzt wäre ein guter Zeitpunkt, um zu glänzen.*«

Zu meiner Überraschung und Erleichterung beginnt die Reliquie zu leuchten, ein strahlendes Licht, das die Dunkelheit durchbricht. Eine Barriere aus reiner Energie bildet sich um uns, ein schimmernder Schild gegen die dämonischen Kräfte.

»Wow!«, sage ich beeindruckt. »Das hätte jetzt ich nicht erwartet.«

Die Dämonen prallen gegen die Barriere, ihre Klauen und Zähne können sie nicht durchdringen. Ihre wütenden Schreie erfüllen die Luft, aber sie können uns nicht erreichen.

Caleb sieht mich an, seine Augen weit aufgerissen. »Das ist unglaublich. Wir sind sicher.«

»Für den Moment«, erwidere ich. »Aber wir können hier nicht ewig stehen bleiben. Wir müssen Asmodeus irgendwie aus seinem Versteck locken.«

Lysandra beobachtet die Dämonen jenseits der Barriere. »Er wird nicht leichtsinnig handeln. Er ist schlau und vorsichtig.«

»Wir sollten die Barriere durchdringen kön-nen«, wirft mir Caleb zu. Das lasse ich mir nicht zweimal sagen. Ich lege das Kreuz behutsam auf den Boden und springe durch die Barriere. Die Luft ist erfüllt vom Geruch von Schwefel und dem Klang von Stahl, der auf Fleisch trifft.

Die erste Welle von Asmodeus Dämonenarmee ist nichts weiter als ein Haufen wütender, zähneflet-schender Kreaturen, die sich auf uns stürzen wie ein Schwarm wilder Tiere.

»Na, ihr hässlichen Biester, wer will als Nächs-ter sterben?«, rufe ich, während ich meine beiden Silberdolche schwinge. Immer wenn sie mir zu nahe kommen hechte ich in die Barriere, nur um kurz darauf auf einer anderen Seite wieder hinaus-zustürmen.

Lysandra ist an meiner Seite, ihre Klauen blit-zen im Licht der leuchtenden Reliquie.

Die Dämonen stürzen sich auf uns, ihre Augen glühend vor Blutdurst. Aber sie sind keine Heraus-forderung – sie sind nur Kanonenfutter, ein Aufwär-men für das, was noch kommen würde.

Ich tanze durch die Reihen der Dämonen. Jeder Stoß, jeder Schnitt ist ein Kunstwerk, eine De-monstration meiner überlegenen Fähigkeiten. »Ist das alles, was ihr könnt?« höhne ich, während ich einen Dämon nach dem anderen erledige.

Lysandra kämpft mit einer wilden Anmut, ihre Bewegungen sind fließend und tödlich. »Sie sind schwach!«, ruft sie über das Schlachtgetümmel. »Aber das ist nur der Anfang.«

»Na das hoffe ich doch!«, rufe ich ihr zurück.

Caleb steht im Zentrum unserer kleinen Barriere, nahe der Reliquie. »Ihr macht das großartig!«, ruft er uns zu. »Aber lasst euch nicht überwältigen!«

Ich lache nur. Überwältigt werden? Ich? Niemals! Diese Dämonen sind nichts im Vergleich zu mir. Ich bin ein Meister meines Fachs, ein Künstler des Todes.

Aber selbst ich muss zugeben, dass es viele sind. Für jeden Dämon, den wir erledigen, scheinen zwei weitere seinen Platz einzunehmen. »Das ist wie Unkraut jäten ...«, brumme ich, während ich einen weiteren Dämon niederstrecke.

Lysandra wirft mir einen Blick zu. »Konzentriere dich, Sam. Wir dürfen uns nicht ablenken lassen.«

Ich nicke, mein Blick fest auf die Dämonen gerichtet, die uns umzingeln. »Keine Sorge, Schönheit. Ich habe das im Griff.«

Und das habe ich. Trotz ihrer Zahl sind diese niederen Dämonen keine Bedrohung für mich.

Die zweite Welle von Asmodeus Dämonenarmee ist schon eine andere Liga. Größer, stärker, aber immer noch nicht gut genug, um mich zu besiegen.

»Komm schon, Lysandra, zeig ihnen, wer du bist!«, rufe ich ihr zu, während ich einen Dämon nach dem anderen niederstrecke. »Du bist stärker als sie!«

Caleb tritt an die Barriere, seine Stimme erhebt sich über das Schlachtgetümmel. »Im Namen des Allmächtigen, ich gebiete euch, zurückzuweichen!« Seine Worte scheinen die Dämonen zu verbrennen, ihre Körper zuckten und verdampfen unter der Macht seiner Worte.

Ich lache und springe in die Menge der Dämonen. »Das ist es, was ich hören will! Wir sind ein unschlagbares Team!«

Die Dämonen fallen einer nach dem anderen, ihre Körper zerfallen zu Rauch und Asche unter unseren Angriffen. Asmodeus hält sich immer noch zurück, wartet auf den richtigen Moment, um zuzuschlagen.

Die zweite Welle liegt nun auf dem Boden zu unseren Füßen. Aber der Kampf ist noch lange nicht gewonnen.

Die dritte Welle ist wie ein Sturm, der aus der tiefsten Hölle heraufbeschworen wird. Elite-Dämonen, jeder einzelne ein Meisterwerk der Verdammnis, stürmen auf uns zu. Ihre Augen glühen vor Hass und Macht. »Jetzt wird's erst richtig lustig!«

Lysandra steht an meiner Seite, ihre Augen blitzen gefährlich. »Pass auf, Sam. Diese sind anders.«

Caleb, hinter uns, sagt in unsere Richtung »Ich werde versuchen, euch so gut es geht zu schützen.«

Die Dämonen greifen an, ihre Bewegungen sind schnell und tödlich. Ein Dämon erwischt mich am Arm, seine Klauen reißen durch meine Haut.

»Das wird dich teuer zu stehen kommen!« knurre ich und ramme ihm meinen Silberdolch in meiner linken Hand in den Schädel, während ich mit dem anderen einen anderen Dämon den Arm abtrenne.

Lysandra kämpft mit einer Wildheit, die ich noch nicht bei ihr gesehen habe. Ihre Klauen und Zähne sind überall, aber auch sie erleidet Verletzungen. Ein Dämon erwischt sie am Bein, lässt sie stolpern. »Lys!«, rufe ich und springe zu ihr, um sie zu decken.

Caleb wirft heilige Worte in den Kampf, die die Dämonen sichtlich schwächen, aber ihre Zahl ist überwältigend. »Wir müssen durchhalten!«, ruft er.

Die Schlacht wogt hin und her, jeder von uns kämpft mit allem, was er hatte. Die Dämonen fallen weiterhin einer nach dem anderen, aber sie scheinen endlos zu sein. Doch wir sind entschlossen, nicht nachzugeben.

Schließlich, nach einer gefühlten Ewigkeit des Kampfes, lichten sich die Reihen der Dämonen. Meine Kleidung ist vielleicht zerrissen und mein Körper mit Kratzern und Schnitten übersät, aber ich stehe noch, im Gegensatz zu der Asche, die den Boden bedeckt. Lysandra lehnt sich schwer atmend an mich, ihr Blick immer noch wild. Caleb steht hinter uns bei der Reliquie, sein Gesicht bleich vor Anstrengung.

Wir blicken auf, und dort, in etwa hundert Metern Entfernung, steht nun Asmodeus. Er ist allein, seine Armee liegt besiegt zu unseren Füßen. Sein Blick ist kalt und berechnend, als er uns ansieht.

»Na endlich!«, sage ich und grinse trotz meiner Erschöpfung. »Jetzt bist du dran, Asmodeus!«

Ich trete durch die Barriere nach Außen und mache mich auf ihm entgegenzutreten. Lysandra nickt, ihre Augen fest auf unseren Feind gerichtet. »Wir sind bereit!«

Caleb tritt neben uns, die Reliquie in seinen Händen leuchtet. Ich blicke kurz hinter uns, die Barriere ist verschwunden. »Es ist Zeit, das zu beenden.«

Asmodeus Gesichtsausdruck ist eine Mischung aus Unglaube und Wut. Seine Armee, seine sorgfältig zusammengestellte Legion der Verdammnis, liegt besiegt am Boden.

»Sieh dir das an, Asmodeus!«, rufe ich spöttisch, während ich mich weiter langsam auf ihn zubewege. »Deine ganze Armee, ausgelöscht. Was hast du jetzt noch zu bieten?«

Sein Blick verfinstert sich. »Du glaubst, du hast gewonnen, Sam? Du bist nichts weiter als ein Spielzeug in einem Spiel, das du nicht verstehst.«

Ich lache. »Ein Spielzeug, huh? Beim Thema Spielzeug muss ich an etwas anderes denken ... eines deiner Spielzeuge habe ich schon genommen ... nun hole ich mir den kümmerlichen Rest!«

Caleb tritt vor, die Reliquie leuchtet in seinen Händen. »Es ist vorbei, Asmodeus. Wir haben die Macht, dich zu besiegen.«

Asmodeus Augen fixieren die Reliquie, dann blitzen sie gefährlich auf. »Ihr habt keine Ahnung, mit welchen Kräften ihr spielt.«

Bevor wir reagieren können, spüre ich einen stechenden Schmerz in meinem Kopf. Asmodeus hat mich erneut auf psychischer Ebene angegriffen. Bilder meiner Vergangenheit, meiner Sünden und Fehler fluten meinen Geist. Ich sehe Lysandra, wie sie mich verlässt, Caleb, der mich verachtet und die Gesichter all derer, die ich im Laufe der Jahre verletzt habe.

»Sam!«, höre ich Lysandras Stimme, als wäre

sie weit weg. »Kämpfe dagegen an!«

Ich kneife die Augen zusammen, versuche, mich auf meine eigene Stärke zu konzentrieren. »Du wirst mich nicht so leicht haben, Asmodeus!« knurre ich durch zusammengebissene Zähne.

Die Visionen werden intensiver, schmerzhafter. Ich sehe mich selbst, allein, verlassen von allen, die ich je geliebt habe. »*Du bist nichts!*«, schreit eine Stimme in meinem Kopf. »*Nichts ohne deine Arroganz, deine Überheblichkeit!*«

Mit einem Kraftakt schüttele ich die Visionen ab und richte meinen Blick wieder auf Asmodeus. Er steht da, überrascht über meine Widerstandsfähigkeit.

»Du kannst mich nicht brechen, Asmodeus!«, sage ich, meine Stimme fest. »Ich bin mehr als nur meine Fehler. Ich bin mehr als nur meine Sünden!«

Caleb tritt neben mich und drückt mir die Reliquie in meine linke Hand.

Asmodeus, erkennend, dass seine Angriffe meinen Willen nicht brechen können, ändert seine Taktik. Seine dunklen Augen fixieren mich, und plötzlich wird meine Welt von einer neuen Vision überschwemmt – Lysandra in Gefahr.

Ich sehe sie, gefesselt und hilflos, umgeben von Flammen, die ihre Haut zu versengen drohen. Ihr

Gesicht ist von Angst gezeichnet, ihre Augen suchen verzweifelt nach Hilfe. »*Sam!*«, ruft sie, ihre Stimme durchdrungen von Schmerz und Furcht.

Mein Herz schlägt schneller und für einen Moment fühle ich mich hilflos, gefangen in Asmodeus grausamem Spiel. Doch dann erinnere ich mich – dies ist nur eine Illusion, ein weiterer Trick, um mich zu schwächen. Das wird ihm nicht gelingen!

»Ich weiß, was du versuchst, Asmodeus!«, rufe ich, meine Stimme durchdrungen von Trotz. »Du kannst mich nicht mit meinen eigenen Ängsten kontrollieren!«

Lysandra, die echte Lysandra, steht neben mir, ihre Hand berührt meinen Arm. »Sam, es ist nicht real«, flüstert sie. »Ich bin hier, bei dir. Lass dich nicht von ihm täuschen.«

Ich schließe die Augen, atme tief durch und als ich sie wieder öffne, war die Vision gänzlich verschwunden. Asmodeus steht immer noch da, sein Gesicht eine Maske des Zorns.

»Deine Tricks funktionieren nicht mehr bei mir!«, rufe ich ihm fest zu. »Du hast keine Macht über mich!«

Nun in die Ecke gedrängt, offenbart er sein wahres Machtinstrument – das Artefakt, das die Fähigkeit besitzt, die gesamte Menschheit ins Chaos zu stürzen. Er hebt es hoch, und eine Welle dunkler

Energie sammelt sich darin, pulsierend und drohend. Seine Augen funkeln vor Triumph, als er diese geballte Macht direkt auf mich richtet.

»Du wirst jetzt die wahre Macht des Chaos spüren, Sam!«, schreit er, während die dunkle Energie auf mich zurast.

Ich spüre, wie die Luft um mich herum vibriert, Caleb legt mir das Artefakt in meine Hand und ich spüre die Energie des Artefakts.

»Das wird nicht passieren, Asmodeus!«, rufe ich und hebe es hoch. Ein helles Licht strahlt von ihm aus, bildet erneut einen Schild um mich herum und lässt die dunkle Energie abprallen.

Asmodeus Augen weiten sich vor Schock. »Unmöglich! Nichts kann mein Artefakt aufhalten!«

»Dein Artefakt mag mächtig sein, aber es ist nichts gegen die Kraft unserer Reliquie«, sage ich, meine Stimme erfüllt von Zuversicht.

Lysandra und Caleb stehen beide an meiner Seite, bereit, mich zu unterstützen. Lysandra lächelt mir zu. Caleb nickt zustimmend. »Dein Hochmut wird dein Untergang sein, Asmodeus. Du hast die Macht der Menschlichkeit unterschätzt.«

Asmodeus brüllt vor Wut und macht einen weiteren verzweifelten Versuch, mich zu treffen, aber ich bin bereit.

Die Energie des Artefakts und die der Reliquie

kollidieren, erzeugen eine Schockwelle, die durch die Luft zischt. Asmodeus stöhnt unter der Wucht des Aufpralls, während ich weiter vorwärtsdränge, entschlossen, ihn ein für alle Mal zu besiegen.

»Du wirst scheitern, Sam!«, schreit er, aber seine Stimme klingt schwächer, seine Gestalt wankt.

»Ich scheitere nie!«, erwidere ich, meine Stimme kalt und fest. »Und heute werde ich erneut beweisen, dass selbst die größten Dämonen fallen können ...«

Mit einem letzten, kraftvollen Schub meiner Willenskraft, gepaart mit der Reinheit der Reliquie, stoße ich vor, zielte auf das Zentrum seines Artefakts. Asmodeus Augen weiten sich in einem Moment des ungläubigen Entsetzens, bevor die Reliquie sein Artefakt berührt. Eine gewaltige Explosion erschüttert die Luft, eine Welle aus Licht und Dunkelheit, die sich in einem tosenden Inferno vermischt.

Ich spüre, wie die Druckwelle mich zurückwirft, meine Sinne betäubt. Mein Körper schmerzt, als ich auf den Boden pralle, aber ein triumphierendes Lächeln breitet sich auf meinem Gesicht aus. Ich habe es geschafft – das Artefakt ist zerstört. Meine Reliquie zwar auch, aber diese sollte ich jetzt nicht mehr benötigen.

Asmodeus, schwer verletzt, starrt mich mit einem Blick voller Hass und Furcht an. »Das ... das ist unmöglich ...«

»Ich mache das Unmögliche möglich«, erwidere ich keuchend, während ich mich mühsam aufrichte. »Das ist, was ich tue!«

Caleb und Lysandra eilen zu mir, ihre Gesichter voller Sorge. »Sam, bist du in Ordnung?«, fragt Lysandra, während sie mich stützt.

»Ich habe schon Schlimmeres überstanden«, sage ich, meinen Schmerz ignorierend. »Der wichtige Teil ist, dass wir gewonnen haben.«

Caleb blickt auf die Stelle, wo das Artefakt zerstört worden ist.

Asmodeus, geschwächt und verzweifelt, wankt zurück. Sein Blick – hasserfüllt, voller Gift und Verzweiflung – trifft den meinen, bevor er mit einer letzten, triumphierenden Geste seine Hände hebt. Ein Portal öffnet sich hinter ihm, pulsierend und unruhig, ein klaffender Riss in der Realität, der in die glühenden Tiefen der Hölle führt.

»Feigling!«, brülle ich, meine Stimme wie ein Donnerhall, während er sich umdreht, um zu entkommen. »Dieses Mal nicht!«

Ein loderndes Feuer entfacht sich in meiner Brust, als ich auf ihn zustürme, doch ich weiß, dass ich ihn nicht rechtzeitig erreiche. Sein Fuß schwebt bereits über der Schwelle. Der Gedanke, dass er wieder entkommt, ist unerträglich – nicht dieses Mal, nicht nach allem, was ich durchgemacht habe.

»Lys!«, brülle ich, ohne den Blick von Asmodeus abzuwenden, der bereits mit einem letzten, verächtlichen Grinsen im Portal verschwindet. »Hilf mir, das verdammte Portal zu stabilisieren! Er entkommt uns dieses Mal nicht! «

Lysandra reagiert sofort, ohne zu zögern. Ihre Augen funkeln wie geschliffener Onyx, und sie hebt die Hände mit einer fließenden, fast tänzerischen Eleganz. Ich kann spüren, wie ihre dämonische Energie die Luft um uns herum erfüllt – sie prickelt auf meiner Haut wie elektrische Spannung. Mit einer einzigen Bewegung schleudert sie ihre Kraft in das flackernde Portal, das vor uns gierig pulsierte wie eine offene Wunde in der Realität.

»Ich brauche dich, Sam!«, zischt sie und wirft mir einen intensiven Blick zu.

Verdammt. Ich strecke meine Hände aus, fühle den eisigen, fremdartigen Sog des Portals, das sich gegen mich aufbäumt, wie eine Bestie, die nicht gezähmt werden will. Die Dämonenseelen in mir brüllen auf – Luzifer und Mammon toben, als ob sie versuchen würden, sich meinen Willen zu entreißen. Doch ich beiße die Zähne zusammen und zwinge sie, zu gehorchen. Ich bin der Meister. Ich bin derjenige, der hier die Regeln bestimmt.

»Zusammen!«, knurre ich und werfe meine gesamte Energie in das tobende Portal. Unsere Kräfte verschmelzen, ihre dunkle, fließende Eleganz und meine rohe, unbezähmbare Wut. Das Portal bäumt sich noch einmal auf, als würde es sich unserem Willen widersetzen, bevor es sich plötzlich stabilisiert. Das Flackern weicht einem festen, unheilvollen Glühen, das tief in die glühenden Abgründe der Hölle blicken lässt.

»Das war's!«, ruft Lysandra, ihre Stimme angespannt, ihre Stirn glänzt vor Schweiß, doch sie lässt nicht nach. »Aber das Ding bleibt nicht lange offen – es will sich schließen!«

Asmodeus mag denken, dass er entkommen ist, aber er hat sich geirrt. Ich werde ihn in der Hölle finden. Und ich werde ihn vernichten. »Bist du bereit, Lys?«, frage ich, ohne den Blick von dem pulsierenden Abgrund abzuwenden.

»Wo immer du hingehst, ich bin dabei«, antwortet sie.

»Du auch, Caleb? Bereit, in die Hölle hinabzusteigen?«, frage ich.

Caleb bleibt still, für einen Moment. Ich drehe den Kopf, um ihn anzusehen, und sehe, wie er den

Blick starr auf das Portal gerichtet hält. Sein Gesicht ist angespannt, seine Lippen zu einer harten Linie gepresst.

»Bereit?«, wiederhole ich, diesmal schärfer, um ihn aus seinen Gedanken zu reißen.

Er hebt den Kopf, seine Augen sind fest auf das Portal gerichtet, und sein Ausdruck wird unnachgiebig. »Bereit? Ich habe mein ganzes Leben in der Nähe der Hölle verbracht, Sam. Es wird Zeit, dass ich sie endlich von innen sehe.«

Ich grinse, drehe meinen Blick wieder zum Portal zurück, dessen pulsierendes Licht wie ein Herzschlag in der Dunkelheit flackert. »Dann mal los. Die Hölle wartet nicht.«

Ohne ein weiteres Wort trete ich vor, und mit Lysandra und Caleb hinter mir überschreiten wir gemeinsam die Schwelle in die tiefsten Abgründe der Verdammnis.

KAPITEL 11:

DIE TIEFEN DER HÖLLE

Als wir durch das Portal treten, umfängt uns eine Woge aus Hitze und Dunkelheit. Es ist, als würden wir in ein Meer aus flüssigem Feuer eintauchen, und doch brennt es nicht. Die Luft ist dick und schwer, voller Asche und dem fauligen Gestank von Schwefel. Der Himmel – wenn man es überhaupt so nennen kann – ist ein wirbelndes Chaos aus Schwarz und glühendem Rot, wie die Innenseite eines Vulkans kurz vor dem Ausbruch. Es gibt keinen Horizont, nur eine endlose Weite aus Schatten und Flammen, die von glühenden Rissen im Boden durchzogen wird, als hätte die Welt selbst ihre Eingeweide nach außen gekehrt.

Caleb stolpert, seine Augen weiten sich, als er die Umgebung aufnimmt. »Mein Gott ...«, flüstert er, seine Stimme kaum mehr als ein ersticktes Keuchen. Seine Hand greift krampfhaft nach dem Kreuz, das an seiner Brust hängt, als könnte es ihn vor dem Wahnsinn bewahren, der ihn hier umgibt.

»Ich würde hier unten lieber nicht seinen Namen rufen«, sage ich trocken, während ich mich umschaue. Mein Blick gleitet über die zerklüftete Landschaft, die so vertraut und doch fremd ist.

Lysandra, die neben mir steht, atmet tief ein, ihre Augen geschlossen. Sie sieht fast entspannt aus, als würde sie ein Bad in der vertrauten Dunkelheit nehmen. »Ah ... ich hatte fast vergessen, wie es sich anfühlt, zu Hause zu sein.« Sie öffnet die Augen, die in diesem Licht noch gefährlicher funkeln als sonst. »Willkommen in der Hölle, Caleb. Es ist nicht ganz so beeindruckend, wie die Menschheit es sich ausgemalt hat, oder?«

Caleb sagt nichts, sein Blick wandert über die Landschaft, die alles zu verschlingen scheint. Die brennenden Schluchten, die von Schreien zu vibrieren scheinen, die zähe, blutrote Flüssigkeit, die wie Lava durch die Felsen sickert. »Das ist ... das ist Wahnsinn«, murmelt er schließlich. »Wie kann so etwas existieren?«

»Das ist die Hölle«, sage ich und zucke mit den Schultern. »Sie existiert, weil sie existieren muss. Weil Menschen sie fürchten. Weil Dämonen sie brauchen. Und weil Typen wie Asmodeus hier ihren kleinen Spielplatz haben.«

Caleb schüttelt den Kopf, als könne er die Eindrücke nicht verarbeiten. Sein Gesicht ist eine Mischung aus Furcht und Faszination. »Es ist schlimmer, als ich es mir je vorgestellt habe.«

»Für uns fühlt es sich an wie … Zuhause«, sage ich mit einem kurzen Blick zu Lysandra. Ihre Lippen zucken in einem Lächeln, das mir sagt, dass sie genau weiß, was ich meine. Die Dunkelheit hier, die erdrückende Hitze, die verzerrten Schreie, die aus den Schluchten hallen – all das gibt mir ein unheimliches Gefühl von Vertrautheit. Vielleicht sollte es mich erschrecken, dass ich mich in dieser Umgebung so wohlfühle. Doch es tut es nicht. Ich bin ein Teil davon, so wie es ein Teil von mir ist.

Aber etwas stimmt nicht. Es ist zu still. Zu leer. Keine Dämonen, keine Kreaturen, keine Schreie, die näherkommen. Nur das unheilvolle Flüstern des Windes, der wie ein Raubtier durch die Klüfte streicht. Kein Asmodeus. Aber ich kann ihn spüren, irgendwo in der Ferne, wie ein dunkler Schatten in meinem Geist.

»Das Portal muss sich bewegt haben. Aber er ist hier in der Nähe«, sage ich schließlich, meine Stimme fest. Lysandra sieht mich an, ihre Augen funkelnd vor Neugier. »Wo?«, fragt sie.

Ich schließe die Augen, lasse meinen Geist sich öffnen. Da ist es – ein Gefühl, schwach, aber unverkennbar. Ein kaltes Pochen, wie ein Herzschlag, der nicht ganz zu diesem Ort gehört. Er ist nicht weit. Die beiden Seelen in mir können ihn fühlen. Und er versteckt sich nicht wirklich. Er wartet. »Dort lang«, sage ich schließlich und deute in eine Richtung, die wie jede andere hier aussieht: ein endloses Labyrinth aus Feuer und Schatten.

Lysandra nickt, ohne zu zögern. »Dann gehen wir.«

Caleb sieht uns an, seine Augen noch immer voller Unruhe. »Ihr wollt wirklich ... da lang gehen? Ohne Plan? Ohne ... irgendetwas?«

Ich blicke ihn an, ein breites Grinsen auf meinen Lippen. »Caleb, wir sind schon in der Hölle. Schlechter kann's kaum werden. Außerdem: Wir haben mich. Und das ist mehr, als irgendwer hier unten gegen uns aufbringen kann.« Ich klopfe ihm auf die Schulter, vielleicht etwas zu fest, bevor ich mich in Bewegung setze.

»Komm schon, Caleb«, sagt Lysandra mit einem spöttischen Lächeln, während sie ihm nachgeht. Caleb murmelt etwas, das wie ein Gebet klingt, bevor er uns folgt. Während wir durch diese verzerrte Landschaft wandern, fühle ich, wie Asmodeus Präsenz stärker wird.

Ich wende mich an Caleb, ein schiefes Grinsen auf meinem Gesicht. »Also, hast du noch ein weiteres Ass aus deiner Kirche oder dem Himmel in der Hinterhand? Vielleicht ein paar göttliche Funken, um das Spiel zu unseren Gunsten zu wenden? Oder gar deinen Gott selbst?«

Lysandra schüttelt den Kopf, ihr Blick ernst. »Sam ... Gott ist tot. Nicht im metaphorischen Sinne. Er fiel in einem letzten, verzweifelten Versuch, die Schöpfung vor dem endgültigen Verderben zu bewahren. Eine Schlacht, die vor den Augen der Menschheit verborgen blieb, ein Krieg, der den Himmel selbst zerriss.«

Ich lache, die Vorstellung war zu absurd, um sie ernst zu nehmen. »Wenn es einen Gott gibt, dann bin ich das!« prahle ich, meine Brust vor Stolz geschwollen.

Caleb sieht uns beide an, sein Gesicht ist ein Abbild tiefer Traurigkeit und Resignation. »Es ist keine Lächerlichkeit, Sam. Lysandra hat recht. Gott ist tot. Der Himmel ist vor Jahrhunderten zerfallen, zerschmettert durch den Verrat von innen und den Angriffen der Dunkelheit von außen. Viele der Engel, die einst als Hüter der göttlichen Ordnung dienten, wurden in den Wirren des Krieges zu Dämonen, verloren ihre Reinheit und wurden zu den ersten Dämonenprinzen, wie Luzifer, der einst der strahlendste Engel unter der himmlischen Schar war. Der noch existierende Rest, entkräftet und führungslos, hat sich in die entlegensten Ecken der Schöpfung zurückgezogen, unfähig, in einer Welt ohne ihr göttliches Zentrum zu wirken.«

Die Worte hängen schwer in der Luft. Ich sehe Caleb an, versuche in seinem Gesicht zu lesen, ob dies ein weiterer seiner moralischen Vorträge war. Aber die tiefe Traurigkeit in seinen Augen lässt mich innehalten.

»Was meinst du damit, Caleb? Wie kann Gott tot sein?« unfähig, die volle Tragweite von Calebs Worten zu begreifen.

Caleb seufzt, seine Schultern sinken. »Es ist eine lange Geschichte, Sam. Aber die kurze Version ist, dass der Himmel, wie wir ihn kannten, nicht mehr existiert. Die göttliche Ordnung ist zusammengebrochen unter dem Gewicht ihrer eigenen Ideale und der endlosen Rebellion derer, die sie verstoßen hat. Die Engel, die nicht gefallen sind, haben sich zurückgezogen, verloren in einem Meer der Zweifel und des Selbstmitleids. Es gibt keine göttliche Intervention mehr in unserer Welt, weil die Quelle dieser Macht erloschen ist, ein Opfer im Kampf gegen eine Dunkelheit, die letztendlich von innen kam.«

Er macht eine kleine Pause, schaut dabei betrübt in die Ferne.

»Die letzten Tage des Himmels waren gezeichnet von Verrat, Krieg und dem Verlust von Hoffnung. Gott selbst, in einem ultimativen Akt der Aufopferung, stellte sich der Dunkelheit entgegen, die er nicht besiegen konnte. Sein Fall war der letzte Nagel im Sarg der göttlichen Ära. Was übrig blieb, waren nur die Ruinen eines einst glorreichen Reiches und die verstreuten, machtlosen Wesen, die einst als seine Boten dienten.«

Lysandra greift nach meiner Hand. »Ich dachte, du wüsstest das bereits. All das, was aktuell in der Welt passiert wäre mit einer himmlischen Macht nicht möglich. Die Hölle gewinnt immer mehr an Oberhand. Das ändert nichts an unserer Mission, Sam. Wir haben immer nur auf uns selbst gezählt. Das ist unsere Stärke.«

Ich nicke langsam »Also gut ...« sage ich schließlich, meine Stimme fest. »Ich werde unser eigenes Schicksal schreiben!«

Wir nähern uns dem Palast von Asmodeus, einem monumentalen Bauwerk, das sich wie ein Mahnmal des Schreckens in die Höhe reckt. Seine Türme ragen wie Klauen in den Himmel.

KAPITEL 12:
DER FINALE KONFLIKT

Am Inneren des Palastes von Asmodeus ist die Atmosphäre noch drückender, die Luft erfüllt von einem Gefühl der Verzweiflung und des Unheils. Die Wände scheinen zu leben, gefüllt mit den Gesichtern verlorener Seelen, die in ewiger Qual gefangen sind. Ihre stummen Schreie hallen in den endlosen Gängen wider, ein Chor des Leidens, der sich in mein Bewusstsein brennt.

»Diese armen Seelen«, murmelt Caleb, während er mit einem Blick des Mitleids die Wände betrachtet.

Ich schnaube. »Mitleid ist in der Hölle fehl am Platz. Diese Seelen sind hier, weil sie es verdient haben.«

Lysandra wirft mir einen warnenden Blick zu.

Caleb erwidert »Sam, nicht jeder, der hier ist, hat das Schicksal verdient, das ihm widerfahren ist. Manche sind Opfer von Umständen, die sie nicht kontrollieren konnten.«

Ich zucke mit den Schultern. »Vielleicht. Aber das ändert nichts daran, dass wir hier sind, um Asmodeus zu vernichten, nicht um Seelenrettung zu betreiben.«

Wir gehen weiter, durch die verwinkelten Gänge des Palastes, jeder Schritt ein Echo in der Stille der Hölle. Wir gehen um eine Ecke und stoßen auf eine Horde Dämonen, die uns mit glühenden Augen und gefletschten Zähnen anstarren.

»Zeit für etwas Action!«, rufe ich und ziehe meine Silberdolche. Gemeinsam stürzen wir uns in den Kampf, ein Trio gegen die Horden der Hölle. Jeder Dämon, der sich uns in den Weg stellt, wird von meinen Klingen, Lysandras dunkler Magie oder Calebs Gebeten niedergestreckt.

»Das macht doch Spaß, oder?«, rufe ich.

Lysandra lacht, ihre Stimme ein Klang der Freude inmitten des Chaos. »Du bist unverbesserlich, Sam.«

Nachdem die Gruppe von Dämonen nichts weiter sind als Staub und Asche, schreitet Lysandra voran, ihre Bewegungen fließend und sicher, als würde sie durch ihr eigenes Wohnzimmer gehen.

Ich folge ihr, meine Waffen griffbereit, während Caleb uns mit wachsamen Augen im Rücken deckt.

»Du scheinst dich hier ziemlich gut auszukennen ...«, bemerke ich, während wir durch einen weiteren düsteren Korridor gehen.

Lysandra wirft mir einen Seitenblick zu. »Ich war schon oft genug hier ...«

Ich grinse. »Ich hoffe, du hast nicht zu viel Zeit mit dem alten Teufel verbracht.«

Sie ignoriert meinen Kommentar und deutet auf eine Tür. »Durch diese Tür kommen wir in den Thronsaal. Wir müssen vorsichtig sein.«

Caleb tritt näher. »Sind wir bereit für das, was uns erwartet?«

Ich umschließe meine Silberdolche stärker in meiner Faust. »Ich bin immer bereit!«

Lysandra öffnet die Tür einen Spalt und späht hinein. »Ein paar Wachen. Wir können sie leise ausschalten, ohne Alarm zu schlagen.«

Ich nicke und folge ihr in den Raum. Die Dämonenwachen bemerken uns nicht, so vertieft sind sie in ihr düsteres Gemurmel. Mit schnellen, präzisen Bewegungen erledigen wir sie, ohne einen Laut zu machen.

»Das war ja fast zu einfach«, flüstere ich, als der letzte Dämon zu Boden fällt und sich in einen Haufen Asche und Rauch verwandelt.

Wir schleichen weiter durch den Thronsaal, unsere Augen stets auf der Suche nach weiteren Gefahren. Die Luft ist schwer mit einer bedrückenden Energie, die selbst mich etwa unruhig macht.

»Wir sind fast da«, flüstert Lysandra. »Asmodeus Thron ist gleich um die Ecke.«

Mit einem letzten prüfenden Blick auf Lysandra und Caleb trete ich um die Ecke, bereit, Asmodeus gegenüberzutreten und das Ende dieses infernalischen Spiels herbeizuführen.

Als wir Asmodeus Thronsaal betreten, breitet sich eine beklemmende Stille aus. Der Raum ist gigantisch, die Wände scheinen in ewiger Dunkelheit zu verschwinden. In der Mitte thront Asmodeus, umgeben von einem flackernden Schein, der seine Gestalt in ein unheilvolles Licht taucht.

»Willkommen, meine ungebetenen Gäste«, sagt Asmodeus mit einer Stimme, die kalt und tief wie das Echo eines vergessenen Grabes klingt. »Ich habe euch erwartet.«

Ich trete vor, meine Dolche fest in den Händen. »Na, Asmodeus, bereit für die letzte Runde?«

Er lacht, ein Geräusch, das durch Mark und Bein geht. »Du bist immer noch so arrogant, Samuel. Aber hier, in meinem Reich, habe ich die Oberhand. Hier wirst du nicht siegen.«

Lysandra tritt neben mich, ihre Augen funkeln

vor Entschlossenheit. »Wir werden sehen.«

Caleb steht weiterhin hinter uns. »Deine Zeit ist vorbei.«

Asmodeus erhebt sich langsam von seinem Thron. »Lasst uns das beenden.«

Ich grinse breit. »Mit Vergnügen.«

Er streckt seine Hand aus, und plötzlich fühle ich, wie eine überwältigende Kraft mich zu Boden drückt. Ich kämpfe dagegen an, stehe auf und schwing meine Dolche durch die Luft.

»Du kannst mich nicht so leicht unterkriegen, Asmodeus!«, rufe ich.

Lysandra stößt einen energiegeladenen Strahl aus, der Asmodeus trifft, aber er schien kaum beeindruckt.

Caleb beginnt, ein Gebet zu murmeln, seine Worte füllen den Raum mit einer reinen, strahlenden Energie.

Asmodeus lacht erneut. »Ihr seid mutig, das muss ich zugeben. Aber Mut allein wird euch hier nicht retten.«

Ich springe vor, meine Dolche zielen auf sein nun nicht mehr durch das Artefakt geschützte Herz. »Reden ist Silber, Schweigen ist Gold, Asmodeus. Zeit, dass du endlich schweigst.«

Er weicht geschickt aus und schlägt zurück,

eine dunkle Energie umgibt seine Fäuste. Ich weiche aus und kontere mit einem schnellen Hieb.

Lysandra und Caleb kämpfen an meiner Seite, jeder Schlag und jeder Zauber ist ein Tanz des Todes und der Verzweiflung.

Lysandra ruft »Wir werden dich besiegen!«

Asmodeus Augen blitzen gefährlich. »Ihr seid starke Gegner, das gebe ich zu. Aber dies ist mein Reich, und hier bin ich unbesiegbar.«

Ich lache spöttisch. »Unbesiegbar? Das habe ich schon von so vielen gehört, bevor ich sie zu Staub gemacht habe. Dein Artefakt ist zerstört! Du bist nicht mehr unbesiegbar!«

Er greift erneut an, eine Welle dunkler Energie strömt auf uns zu. Ich springe zur Seite, während Caleb ein Schutzschild um uns herum errichtet.

»Deine Tricks werden dir hier nichts nützen, Asmodeus!«, rufe ich. »Wir sind hier, um dich zu beenden!«

Asmodeus starrt uns an, seine Augen glühen vor Wut und Hass. »Dann lasst uns sehen, wer am Ende stehen bleibt, Samuel!«

Ich nicke entschlossen. »Das werden wir, Asmodeus. Das werden wir.«

Asmodeus Gestalt beginnt sich zu verändern, sich zu etwas Unbeschreiblichem, Erschreckendem zu wandeln. Sein Körper dehnt sich aus, wächst in die Höhe, bis er Größe von fast drei Metern erreicht. Seine Haut, einst menschenähnlich, wird dunkel und schuppig, als würde sie aus der Finsternis selbst geschmiedet. Seine Augen glühen nun wie Kohlen, durchdringend und voller Bosheit.

»Schaut her, ihr Würmer!«, dröhnt seine Stimme, die nun tief und grollend ist »dies ist meine wahre Form, die Manifestation aller Sünden und Begierden!«

Seine Arme verlängern sich, enden in klauenartigen Händen, die scharf wie Klingen sind. Aus seinem Rücken schießen zwei massive, ledrige Flügel, die sich bedrohlich ausbreiten und den Raum mit einem Schatten der Verzweiflung füllen.

Ich starre ihn an, unbeeindruckt. »Wow, beeindruckendes Makeover, Asmodeus. Aber Größe ist nicht alles.«

Asmodeus lacht, ein tiefes, höhnisches Lachen, das durch die Hölle hallt. »Glaubt ihr wirklich, ihr könnt mich in dieser Form besiegen?«

Er bewegt sich mit einer erschreckenden Geschwindigkeit, trotz seiner Größe. Seine Klauen fahren auf mich zu, aber ich weiche geschickt aus.

»Du bist vielleicht groß, Asmodeus, aber ich bin schneller!«, rufe ich, während ich einen Hieb nach dem anderen setze.

Lysandra nutzt ihre magischen Fähigkeiten, um

Asmodeus zu schwächen, während Caleb weiterhin Gebete spricht, die uns Kraft und Schutz verleiht.

Asmodeus brüllt vor Wut und schlägt wild um sich, aber wir sind ihm immer einen Schritt voraus. Seine mächtige Gestalt ist zugegebenermaßen beeindruckend, doch sie macht ihn auch etwas langsamer und somit berechenbarer.

Er greift erneut an, eine Welle dunkler Energie strömt auf uns zu. Ich springe erneut zur Seite, während Lysandra einen Schild aus magischer Energie um uns herum erschafft.

»Deine Tricks werden dir nichts nützen, Asmodeus!«, rufe ich. »Wir sind hier, um dich zu beenden!«

Asmodeus starrt uns an, seine Augen glühen vor Wut und Hass. »Dann lasst uns sehen, wer am Ende stehen bleibt, Sam.«

Ich springe vor und wirbele herum, meine Dolche blitzen im schwachen Licht der Hölle. »Komm schon, Asmodeus, ich dachte, du wärst härter zu knacken!«, rufe ich, während ich einen weiteren Angriff starte, der jedoch von seiner dicken, schuppigen Haut abprallt.

Caleb, der neben mir steht, murmelt ununterbrochen Gebete, seine Augen fest auf den Dämon gerichtet. »Seine Verteidigung ist zu stark, wir müssen einen anderen Weg finden!«

Lysandra, ihre Augen leuchten mit einer übernatürlichen Kraft, schleudert einen Strahl dunkler Energie auf Asmodeus, der jedoch nur ein Zucken seiner massiven Gestalt verursacht. »Er ist zu mächtig in seiner Domäne«, sagt sie, während sie einen weiteren Zauber vorbereitet.

Asmodeus lacht, ein tiefes, grollendes Lachen, das durch die Hölle hallt. »Ihr seid wie Mücken, die gegen den Sturm ankämpfen. Euer Ende ist nahe!«

Ich weiche aus, als eine seiner massiven Klauen nach mir schlägt. »Große Worte für jemanden, der bisher noch keinen Treffer gelandet hat!«, rufe ich zurück.

Caleb greift zu einem kleinen, heiligen Gegenstand, den er bei sich trägt, und hält ihn hoch. »Im Namen des Allmächtigen, weiche zurück, Dämon!«

Asmodeus brüllt, als das heilige Symbol ihn trifft, aber es scheint ihn nicht ernsthaft zu verletzen. »Eure Glaubensspielchen können mich nicht aufhalten!« Sein Blick wandert zu Lysandra, ein Grinsen zeigt sich in seinem Gesicht, als er sich wieder mir zuwendet. »Samuel«, zischt seine Stimme, ein Gift, das durch die Luft wabert, »Weißt du, wer Lysandra wirklich ist? Kennst du ihr dunkelstes Geheimnis?«

Ich zögere, mein Dolch in der Hand, während

ich zu Lysandra blicke. Ihre Augen sind weit aufgerissen, und ich kann den Schrecken in ihnen sehen. Etwas an Asmodeus Worten trifft sie tief.

»Lys?«, beginne ich, aber meine Stimme erstirbt. Was könnte er meinen?

Asmodeus lacht, ein Klang, der wie das Knacken brennender Knochen klingt. »Oh, sie hat es dir nicht erzählt? Lysandra ist meine Tochter. Ja, Samuel, deine Geliebte ist mein Fleisch und Blut!«

Die Worte treffen mich wie ein Schlag. Lysandra, Asmodeus Tochter? Das kann nicht sein. Doch der Blick in ihren Augen, die Mischung aus Angst und Schmerz, sagt mir, dass es wahr sein könnte.

Caleb tritt neben mich, sein Blick fest auf Asmodeus gerichtet. »Lass dich nicht von ihm täuschen, Sam. Er lügt!«

Aber Lysandra schüttelt den Kopf, Tränen glänzen in ihren Augen. »Nein, Caleb ...«, sagt sie leise. »Er lügt nicht. Ich bin ... ich bin seine Tochter ...«

Die Worte hängen in der Luft, schwer wie Blei. Ich kann spüren, wie sich etwas in mir verändert. Die Frau ... die Dämonin, die ich liebe, die an meiner Seite gekämpft hat, ist die Tochter des Höllenprinzen, den wir zu vernichten suchen. Wie kann das sein? Wie kann ich das verarbeiten?

Asmodeus Lachen hallt durch den Thronsaal,

während ich dort stehe, unfähig zu begreifen, was ich gerade erfahren habe. Lysandras Geständnis hängt zwischen uns, unausgesprochen, aber unmöglich zu ignorieren.

Ich sehe Lysandra an, ihre Augen voller Angst und Unsicherheit. Asmodeus hämisches Grinsen im Hintergrund ist wie ein fernes Echo. In diesem Moment ist jedoch nur sie wichtig.

»Lys …«, beginne ich, meine Stimme fest, während ich einen Schritt auf sie zumache. »Mir ist es egal, wessen Tochter du bist. Du bist das Wesen, mit dem ich mein restliches Leben verbringen will. Deine Vergangenheit definiert dich nicht. Wir definieren uns selbst durch unsere Taten!«

Caleb nickt zustimmend, bereit jederzeit in den Kampf zurückzukehren. »Sam hat recht. Wir alle haben unsere Dämonen, Lysandra. Es kommt darauf an, wie wir mit ihnen umgehen.«

Lysandra sieht mich an, ihre Augen suchen nach einer Lüge, einem Anzeichen von Zweifel in meinem Gesicht. Aber sie findet nichts dergleichen. »Sam, ich … ich weiß nicht, was ich sagen soll. Ich hatte Angst, dich zu verlieren, wenn du die Wahrheit erfährst.«

Ich lächele, ein selbstsicheres, überhebliches Grinsen, das so typisch für mich ist. »Lys, ich lasse mich nicht so leicht abschrecken. Und was uns betrifft, da bin ich ziemlich sicher, dass wir zusammengehören. Egal, was dein alter Herr da denkt.«

Asmodeus brüllt vor Wut, als er unsere Einigkeit sieht. »Ihr seid Narren! Ihr könnt nicht gegen mich gewinnen. Ich bin die Verkörperung der Sünde und Begierde!«

Ich drehe mich zu ihm um, die Dolche fest in meinen Händen. »Weißt du, Asmodeus, das mag sein. Aber du hast eine Sache übersehen. Wir sind mehr als nur unsere Begierden. Wir sind mehr als die Summe unserer Teile. Und zusammen sind wir stärker als du es je sein wirst.«

Lysandra tritt an meine Seite, ihre Augen funkeln entschlossen. »Er hat recht, Vater. Du hast mich vielleicht erschaffen, aber du definierst mich nicht. Ich wähle meinen eigenen Weg.«

Caleb hebt sein Kreuz, seine Augen voller Entschlossenheit. »Es ist Zeit, das zu beenden. Für das Gute, für die Liebe, für die Freiheit.«

»Komm schon, Großer!«, rufe ich, »Zeig uns, was du kannst!«

Lysandra und Caleb sind an meiner Seite, jeder von uns bereit, unser Leben für den anderen zu geben. Lysandra, mit ihrer agilen, tödlichen Grazie, tanzt um Asmodeus herum, schlägt zu, wann immer sich eine Gelegenheit bietet. Caleb, mit seinen geweihten Waffen und seinem unerschütterlichen Glauben, bildet unsere Verteidigungslinie.

Asmodeus brüllt, ein ohrenbetäubendes, markerschütterndes Geräusch, das die Luft zum Vibrieren bringt. Er schwingt seine massiven Arme, jeder Schlag kann einen von uns in Stücke reißen. Aber wir sind schneller, agiler. Wir sind ein Team, und das macht uns stark.

»Ich werde euch zermalmen, ihr Insekten!«, brüllt Asmodeus, während er versucht, uns mit seinen gewaltigen Händen zu greifen.

»Ach, halt doch die Klappe und kämpf' wie ein Mann!«, rufe ich zurück, während ich unter einem seiner Schläge wegtauche und ihm einen Schnitt über die Hand zufüge. »Oder bist du nur ein großer, hässlicher Feigling?«

Lysandra nutzt die Ablenkung und springt auf Asmodeus Rücken, gräbt ihre Klauen tief in sein Fleisch. »Das ist für alles, was du mir angetan hast, Vater!«

Caleb ruft Gebete in einer alten Sprache, seine Worte leuchten in der Luft und bilden Schutzsiegel um uns. »Im Namen des Lichts, weiche zurück, Dämon!«

Asmodeus schüttelt Lysandra ab und versucht, sie mit einem vernichtenden Schlag zu treffen, aber ich bin schneller. Ich springe hoch, meine Dolche blitzen auf, und ich ramme sie in seinen Hals. »Das ist für Lysandra!«

Asmodeus stöhnt, ein gurgelndes, sterbendes Geräusch und fällt zu Boden. Langsam, qualvoll, verwandelt er sich zurück in seine menschenähnliche Form, sein Gesicht verzerrt vor Schmerz und Niederlage.

»Das ist das Ende, Asmodeus«, sage ich, während ich über ihm stehe, meine Dolche tropfen von seinem Blut. »Deine Zeit ist vorbei.«

Er sieht mich mit schwachen, sterbenden Augen an. »Du ... du hast mich noch nicht besiegt ...«

Als Asmodeus dort liegt, geschwächt und besiegt, ziehe ich meine doppelläufige 1911 ACP .45. Die schwere Waffe fühlt sich vertraut und mächtig in meiner Hand an.

Asmodeus liegt vor mir, geschwächt und blutend, seine dämonische Präsenz, einst so überwältigend und allmächtig, jetzt kaum mehr als ein Schatten seiner selbst. Seine Hände klammern sich schützend an die Wunde an seinem Hals. Blut – dunkel, fast schwarz – sickert durch seine Finger, während sein Atem rasselnd und schwer klingt.

Ich lasse meine Pistole sinken, nur für einen Moment, und betrachte ihn. »Weißt du, Asmodeus«, beginne ich, meine Stimme ruhig, fast beiläufig,

»du hast wirklich ein Talent dafür, dich selbst wichtiger zu machen, als du bist. All die großen Reden, all die Spielchen. Und jetzt? Jetzt liegst du hier wie ein verwundetes Tier.«

Sein Blick schießt zu mir, ein Funken von Wut und Verachtung noch immer in seinen roten Augen. »Du ... wirst ... niemals ... gewinnen«, stößt er hervor, jedes Wort ein Kampf gegen den Schmerz. »Ich bin ... die Wollust selbst ... Ich bin ... ewig!«

Ich lache leise, ein dunkler, spöttischer Laut, der durch den Raum hallt. »Ewig?«, wiederhole ich und trete langsam näher. »Ewig war gestern, Prinzchen. Heute bist du nichts weiter als ein blutendes Häufchen Elend, das gleich zu Asche zerfällt!«

Er versucht, sich aufzurichten, versucht, das bisschen Stolz zu bewahren, das ihm geblieben ist, aber seine Beine geben nach, und er sackt erneut zusammen. Sein Blick ist ein verzweifelter Mix aus Hass und einer dunklen Akzeptanz dessen, was bevorsteht.

Ich hebe die Pistole, richte sie auf seinen Schritt. »Weißt du«, sage ich und neige meinen Kopf leicht, ein kaltes, unbarmherziges Grinsen auf meinen Lippen, »ich habe dir ja etwas versprochen, erinnerst du dich?«

Asmodeus starrt mich an, seine Lippen zu einem Zischen verzogen, doch kein Wort kommt heraus. Vielleicht hat er nichts mehr zu sagen – oder vielleicht weiß er, dass es keine Worte gibt, die mich noch erreichen könnten.

»Erst nehme ich dir dein Spielzeug«, fahre ich fort und ziehe den Abzug durch. Der Schuss hallt durch den Raum, und Asmodeus Körper zuckt heftig, als die Kugel ihr Ziel trifft. Ein Sprühregen aus dunklem, dickem Blut schießt in die Luft, während sein letzter verbleibender Hoden in ein blutiges Etwas aufgelöst wird.

Sein Schrei, halb Schmerz, halb purer Zorn, erfüllt den Raum. Es ist kein Schrei der Stärke, sondern ein Laut voller Verlust, voller Niederlage. Er krümmt sich, seine Hände greifen ins Leere, während der Rest seines Körpers zu zittern beginnt, das Blut aus seiner Wunde fließt unaufhaltsam auf den Boden.

Ich trete näher, meine Pistole noch immer auf seinen Schritt gerichtet. Sein Blick zuckt zu mir, die roten Augen voller Hass und Schmerz, doch da ist auch etwas Neues darin – eine Spur von Angst, von Erkenntnis.

Ich neige meinen Kopf leicht, lasse ein kaltes, spöttisches Lächeln über meine Lippen gleiten. »Oh, wir sind noch nicht fertig«, sage ich leise, fast wie in einem Gespräch unter Freunden. Meine

Stimme tropft vor Verachtung, während ich langsam den Lauf meiner Pistole etwas nach oben richte.

Er erkennt, was ich vorhabe, und versucht, sich aufzurichten, seine Hände nach vorne gestreckt, als könnte er mich aufhalten. »Nein!«, keucht er, seine Stimme ein ersticktes Knurren. »Du wagst es nicht!«

»Doch, genau das wage ich! Du wirst dich nie mehr an unschuldigen Mädchen vergehen ...« Der Schuss hallt durch den Raum, und ich sehe mit einer fast unheimlichen Befriedigung, wie sein Körper erneut zusammenzuckt. Der Treffer ist präzise. Sein Schwanz wird mit einem brutalen, endgültigen Knall abgetrennt, fliegt einen Meter durch die Luft und landet mit einem feuchten Klatschen auf dem Boden. Blut spritzt in einem unheiligen Bogen, während Asmodeus mit einem unmenschlichen Schrei auf die Knie fällt.

Für einen Moment sehe ich ihn an. Der stolze Prinz der Wollust, der einst mit bloßer Präsenz ganze Räume unterwarf, ist jetzt nichts mehr als ein Schatten seines Selbst, ein blutender, zerstörter Rest dessen, was er einmal war. Er versucht aufzustehen, bleibt jedoch vor Schmerz vor mir knien.

Ich trete näher heran, die Pistole nun wieder auf seine Stirn gerichtet. Seine Schultern beben, seine Hände zittern und klammern sich verzweifelt an die

Reste seiner zerstörten Männlichkeit. Er hebt den Kopf leicht, ein erbärmlicher Versuch, mich anzusehen, während seine Knie endgültig unter ihm nachgeben.

»Und jetzt«, sage ich, meine Stimme leise und beinahe bedauernd, während ich über den Lauf meiner Waffe hinweg in seine roten Augen blicke, »um wirklich sicher zu gehen, dass von dir kein Leid mehr ausgeht ... wie ich es dir versprochen habe. Erst nehme ich dir dein Spielzeug und dann dein«, ohne einen weiteren Moment zu zögern, drücke ich ab. »Leben!«

Der Doppelschuss kracht durch die Stille, und Asmodeus Kopf wird nach hinten gerissen, das Silber vernichtet alles auf seinem Weg. Sein Körper sackt zusammen, bleibt einen Herzschlag lang reglos auf den Knien, bevor er wie ein lebloser Sack zu Boden fällt.

Die Verwandlung beginnt sofort. Dunkler Rauch steigt aus seinem Körper auf, das Glühen seiner roten Augen erlischt, und sein Fleisch beginnt zu zerfallen, wie Asche, die von einem unsichtbaren Feuer verzehrt wird. Innerhalb weniger Sekunden bleibt nichts mehr übrig – keine Überreste, kein Blut, nur eine kleines, schwelendes Häufchen Asche.

Ich stehe da, die Pistole immer noch in der Hand, und sehe zu, wie der einst mächtige Dämon zu nichts weiter als einer Erinnerung wird.

Es ist vorbei. Asmodeus, der Herrscher der Sünden, ist nicht mehr. Doch als ich den Blick senke, bleibt mein Auge an etwas hängen. Nur einen Meter entfernt liegt es da, ein blutiges Stück Fleisch, das den Verfall seines Körpers offenbar überstanden hat. Alles andere – Asche. Rauch. Doch das hier? Es scheint, als weigere es sich, in Staub zu zerfallen wie der Rest von ihm.

Lysandra tritt vor. Ihre Augen sind auf das Überbleibsel fixiert, und ich spüre, wie eine Welle von Emotionen durch sie hindurchzieht. Hass. Ekel. Vielleicht auch Trauer, aber sie versteckt es gut. Ihre Schultern sind straff, ihre Haltung selbstbewusst, doch als sie die Hand ausstreckt, um es zu berühren, fährt ein Schauer durch ihren Körper. Sie hält inne, ihre Finger zittern leicht, bevor sie sie wieder zurückzieht.

»Ich ...«, beginnt sie, ihre Stimme stockend, doch dann schüttelt sie den Kopf und richtet sich auf, als hätte sie eine innere Entscheidung getroffen. Ich beobachte sie schweigend, meine Arme verschränkt. Sie hebt die Hand erneut, dieses Mal nicht, um zu greifen, sondern mit einer klaren, dominierenden Geste. Das Fleisch hebt sich langsam vom Boden, umgeben von einem unsichtbaren, aber spürbar mächtigen Griff. Ihre Augen funkeln, und ein kalter Ausdruck liegt auf ihrem Gesicht.

»Er hat zu lange über mich geherrscht«, sagt Lysandra, ihre Stimme nun fest und durchdrungen von einer tödlichen Entschlossenheit. »Ich schulde ihm nichts. Keine Gnade. Keine Erinnerung.«

Ihre zweite Hand hebt sich, Flammen züngeln aus dem Zentrum ihrer Hand. Das Höllenfeuer rast wie eine Flutwelle auf den abgetrennten Schwanz zu. Die Flammen umschlingen ihn, fressen sich mit einem Zischen in ihn hinein. Rauch und Asche steigen auf, doch das Feuer erlischt nicht, bis alles, was übrig ist, vollständig verschwunden ist.

Lysandra senkt die Hände langsam, die Flammen verlöschen und für einen Moment herrscht absolute Stille. Sie steht da, ihre Schultern heben und senken sich schwer, und ich sehe, dass ihre Hände noch leicht zittern. Vielleicht ist es Wut. Vielleicht ist es Erleichterung.

Sie dreht sich zu mir um, ihre Augen nun wieder klar, aber in ihnen liegt eine neue Stärke, als hätte sie soeben die Ketten ihrer Vergangenheit zerbrochen.

»Es ist vorbei«, sagt sie schlicht, ihre Stimme leise, aber voller Bedeutung. »Er wird mich nie wieder beherrschen.«

Ich lasse den Moment einen Augenblick wirken,

bevor ich mit einem anerkennenden Nicken antworte. »Nicht schlecht, Lys. Nicht schlecht.«

Doch etwas ist noch von ihm übrig. Und es wird gleich meins sein! Ich knie mich in die Asche, die einst Asmodeus war, und suche nach meinem Seelensplitter. Meine Finger wühlen durch die feinen, grauen Partikel, die sich kalt und leblos anfühlen. Dann spüre ich ihn – meinen Seelensplitter, ein winziges, pulsierendes Fragment meiner eigenen Existenz.

Als ich ihn in meine Hand nehme, fühle ich sofort eine Welle der Energie. Der Splitter leuchtet auf, vibriert mit einer Intensität, die nur von etwas stammen kann, das tief in mir verwurzelt ist. Es ist, als würde ein verlorenes Stück von mir nach Hause zurückkehren.

Langsam und mit einer fast sakralen Ehrfurcht lasse ich den Splitter in meinen Körper zurückgleiten. Er verschmilzt mit meiner Haut, verschmilzt mit meinem Fleisch und Blut, und ich spüre, wie er sich wieder mit meiner Seele verbindet. Eine Wärme breitet sich in mir aus, ein Gefühl der Vollständigkeit, das ich lange vermisst habe.

Nun greife ich nach dem Dämonenseelenkristall, der in der Asche glänzt. Der Kristall ist schwer und kalt, seine Oberfläche schimmert in einem unheilvollen, dunklen Rot. Ich spüre seine rohe, ungebändigte Macht, die in ihm schlummert, bereit, von mir beansprucht zu werden.

Als ich den Kristall in meinen Händen halte, beginnt er zu pulsieren, als würde er auf meine Berührung reagieren. Ich schließe meine Augen und konzentriere mich, bereite mich darauf vor, die immense Kraft von Asmodeus in mich aufzunehmen. Ich spüre, wie die Energie des Kristalls beginnt in meine Adern zu fließen, ein Strom dunkler, wilder Macht, der sich durch meinen Körper schlängelt.

Die Energie ist überwältigend, fast schmerzhaft in ihrer Intensität. Ich spüre, wie sie jede Faser meines Seins durchdringt, jede Zelle meines Körpers mit einer neuen dunklen, brennenden Hitze erfüllt. Es ist, als würde ich in Flammen stehen, als würde mein Körper von innen heraus verbrennen.

Aber ich halte stand. Ich lasse die Kraft von Asmodeus in mich einströmen, lasse sie mich erfüllen, mich stärken. Ich spüre, wie sie sich mit den Seelen von Luzifer und Mammon vermischt, die bereits in mir sind, und eine noch mächtigere, noch unbesiegbarere Kraft bildet.

Als der letzte Funke von Asmodeus Macht in mich übergegangen ist, öffne ich meine Augen. Ich fühle mich stärker, mächtiger, unbesiegbarer als je zuvor. Ich habe die Seelen von drei Höllenprinzen in mir, und deren Macht ist nun meine Macht. Ich stehe auf, bereit, die Welt mit dieser neuen, unermesslichen Kraft zu konfrontieren.

Caleb tritt an mich heran, sein Blick durchdringend und ernst. »Sam, das war ein Fehler. Noch eine Dämonenseele ... das könnte zu viel sein.«

Ich lache nur, meine Augen funkeln vor Selbstvertrauen. »Fehler? Caleb, mein Freund, das war kein Fehler. Das war das einzig Richtige. Mit dieser Macht kann ich die restlichen Prinzen in die Knie zwingen. Ich bin jetzt stärker als je zuvor!«

In diesem Moment spüre ich, wie Lysandra sich von hinten an mich schmiegt, ihre Arme um meinen Hals legen. »Sam, ich ... ich kann dir gar nicht genug danken. Du hast mich nicht verstoßen, trotz ...« Ihre Stimme bricht ab, und ich spüre, wie sie sich an mich klammert.

Ich drehe mich zu ihr um und lege meine Arme um sie. »Lys, du bist ein Teil von mir. Dein Vater mag ein Monster gewesen sein, aber du ... du bist etwas ganz anderes. Und jetzt, wo seine Macht gebrochen ist, bist du frei.«

Sie sieht zu mir auf, Tränen in ihren Augen. »Frei ... ja, das bin ich jetzt. Dank dir!«

KAPITEL 13:

DIE RUHE NACH DEM STURM

Als wir uns zum Gehen wenden, strömen Dämonendiener in den Thronsaal, ihre Augen weit aufgerissen beim Anblick der Asche, die einst ihr Meister war. Sie starren uns an, ein Gemisch aus Furcht und Verwirrung in ihren bösartigen Gesichtern.

Ich trete vor, meine Haltung stolz und herausfordernd. »Seht her, ihr Kreaturen der Finsternis. Euer Meister ist nicht mehr. Ich habe ihn besiegt. Ihr habt jetzt zwei Möglichkeiten: Unterwerft euch mir und Lys oder sterbt!« Meine Stimme hallt durch den Saal, kalt und unerbittlich.

Einige der Dämonen knurren, ihre Augen glühen vor Wut und Hass. Ein paar von ihnen, getrieben von Dummheit oder Mut, stürzen sich auf mich. Ich ziehe meine doppelläufige .45 und erledige sie mit einer lässigen, fast beiläufigen Bewegung. Ihre Körper fallen zu Boden, und ich blicke kalt auf die übrigen Dämonen.

»Noch jemand?«, frage ich spöttisch, während ich den Rauch von meiner Waffe blase. Die verbleibenden Dämonen senken ihre Köpfe in Unterwerfung.

»Wir gehorchen dir«, krächzt einer von ihnen, ein groteskes Wesen, das sich vor mir auf den Boden wirft.

»Gut ...«, sage ich und wende mich an Lysandra, die neben mir steht. »Siehst du, Süße, jetzt haben wir unsere eigene Armee. Eine Armee der Dunkelheit, bereit, unseren Befehlen zu folgen.«

Lysandra lächelt, ein gefährliches Funkeln in ihren Augen. »Eine Armee ... das klingt nach Spaß.«

Caleb steht etwas abseits, sein Gesichtsausdruck ist schwer zu deuten. »Sam, denk daran, mit großer Macht kommt große Verantwortung. Du musst weise führen.«

Ich lache und klopfe ihm auf die Schulter. »Keine Sorge, Caleb. Ich weiß genau, was ich tue. Diese Dämonen werden uns helfen, die Welt zu einem besseren Ort zu machen. Meinen Vorstellungen von einem besseren Ort, natürlich.«

Ich drehe mich zu den Dämonen um. »Hört zu,

ihr Abschaum der Unterwelt. Ihr werdet uns dienen und unseren Befehlen folgen. Wir werden die Welt verändern, und ihr werdet Teil dieser Veränderung sein.«

Die Dämonen nicken eifrig, ihre Augen leuchten vor Angst und Ehrfurcht. Ich weiß, dass sie mir nicht aus Loyalität folgen werden, sondern aus Furcht, aber das ist mir so was von egal. Solange sie meinen Befehlen gehorchen, spielt der Grund keine Rolle.

Ich wende mich Lysandra zu, ein schelmisches Grinsen auf meinen Lippen. »Weißt du, Süße, ich denke, wir sollten diesen Ort für uns beanspruchen. Ein kleines Zuhause in der Hölle. Was hältst du davon?«

Lysandra blickt sich um, ihre Augen gleiten über die düsteren Mauern und die hohen Decken des Thronsaals. »Es ist ... seltsam, darüber nachzudenken. Dies war das Reich meines Vaters, ein Ort, den ich immer gefürchtet und gleichzeitig ersehnt habe.«

»Aber jetzt gehört er uns«, sage ich und lege meinen Arm um ihre Schulter. »Wir könnten diesen Ort in etwas verwandeln, das uns beiden gefällt. Einen Neuanfang, nur für uns. Lass uns die Vergangenheit einreißen und in etwas verwandeln, das für uns beide unsere Zukunft ist!«

Sie seufzt, ein leises Lächeln umspielt ihre Lippen. »Ein Neuanfang, ja. Das klingt verlockend. Aber es wird viel Arbeit sein, diesen Ort zu verändern.«

»Arbeit, die unsere Diener für uns verrichten werden«, erwidere ich selbstsicher. »Stell dir vor, Lysandra, unser eigenes Reich in der Hölle. Ein Ort, an dem wir die Regeln bestimmen. Ein Ort, an dem wir unsere Macht ausüben können, ohne Einschränkungen!«

Lysandra lehnt sich an mich, ihre Augen funkeln vor Vorfreude und Entschlossenheit. »Dann lass uns beginnen, Sam. Lass uns dieses Reich zu unserem machen.«

Ich drehe mich zu Caleb um, der still beobachtet hat, wie Lysandra und ich unsere Pläne für die Zukunft schmiedeten. »Und du, Caleb? Was sind deine Pläne? Wirst du mit uns in der Hölle bleiben oder ...? «

Caleb schüttelt den Kopf, ein entschlossener Ausdruck auf seinem Gesicht. »Nein, Sam. Meine Aufgabe liegt woanders. Ich muss zurückkehren und weiter gegen die Korruption in der Kirche kämpfen. Es gibt noch so viel zu tun.«

»Die Kirche, hm?«, Ich ziehe eine Augenbraue hoch. »Bist du sicher, dass du dich nicht lieber uns anschließen willst? Wir könnten deine Hilfe hier gut gebrauchen. Die Kirche ist doch eh schon verloren.«

»Ich schätze euer Angebot, aber mein Platz ist nicht hier«, erwidert Caleb fest. »Ich muss meinen eigenen Weg gehen, so wie ihr euren geht.«

»Nun, ich kann deine Entscheidung respektieren«, sage ich und nicke anerkennend. »Du warst ein wertvoller Verbündeter, Caleb. Ohne dich hätten wir es vielleicht nicht so weit geschafft.«

Lysandra tritt neben mich und legt ihre Hand sanft auf meine Schulter. »Ja, Caleb, danke für alles. Du hast uns mehr geholfen, als Worte ausdrücken können.«

Caleb lächelt sanft. »Es war mir eine Ehre, an eurer Seite zu kämpfen. Passt aufeinander auf.«

»Das werden wir«, versichere ich ihm. »Und du, pass auf dich auf, Caleb. Die Kirche kann ein gefährlicher Ort sein, besonders für jemanden, der gegen den Strom schwimmt.«

»Ich werde vorsichtig sein«, verspricht er. »Und wer weiß, vielleicht kreuzen sich unsere Wege eines Tages wieder.«

»Das hoffe ich doch«, sage ich und konzentriere mich, um ein Portal zu öffnen. »Hier, das bringt dich zurück zum Eingang der Kirche. Ein kleiner Service von mir.«

Das Portal öffnet sich mit einem leisen Zischen,

und Caleb nickt uns beiden zu, bevor er hindurch-schreitet. Ich beobachte, wie er verschwindet und spüre eine seltsame Mischung aus Respekt und Wehmut.

»Er wird seinen Weg gehen«, sagt Lysandra leise.

»Ja, das wird er«, stimme ich zu und drehe mich zu ihr um. »Und wir werden unseren gehen. Es gibt viel zu tun, um diesen Ort in etwas zu verwandeln, das uns würdig ist.«

Wir schlendern durch die weitläufigen Hallen von Asmodeus ehemaliger Festung, unsere Schritte hallen in der Stille nach. Die Luft ist schwer mit der Geschichte dieses Ortes, doch ich spüre, wie sich eine neue Ära ankündigt. Eine Ära, in der Lys und ich die Hauptrollen spielen.

»Sieh dir diesen Ort nur an, Lys«, sage ich, wäh-rend wir durch die gewaltigen Korridore gehen. »Es ist wie eine leere Leinwand, bereit, nach unseren Wünschen gestaltet zu werden.«

Lysandra nickt, ihre Augen funkeln vor Vorstel-lungskraft. »Wir könnten hier so viel verändern, Sam. Dieser Ort könnte ein Symbol unserer Macht und unserer Liebe sein.«

»Genau das habe ich im Sinn«, erwidere ich

und schnippe mit den Fingern, um einige Dämonendiener herbeizurufen. Sie kommen kriechend herbei, ihre Augen voller Furcht und Ehrfurcht.

»Hört zu, ihr Würmer!«, beginne ich, meine Stimme hallt autoritär durch den Raum. »Dieser Ort wird von Grund auf verändert. Wir werden ihn zu einem Palast machen, der unserer Präsenz würdig ist.«

Die Dämonen nicken eifrig, ihre Körper zittern vor Angst und Aufregung.

»Ich will, dass diese Hallen in Dunkelheit und Feuer getaucht werden«, fahre ich fort. »Jeder Raum soll unsere Macht widerspiegeln. Und ich will, dass es überall Symbole unserer Herrschaft gibt.«

»Und vergesst nicht die Gemächer«, fügt Lysandra lüstern hinzu. »Sie sollen luxuriös und verführerisch sein, ein Ort der Sünde und der Lust.«

»Hört ihr das?«, rufe ich den Dienern zu. »Macht es so, wie sie es wünscht. Und ich will, dass ihr euch beeilt. Wir haben nicht ewig Zeit.«

Die Dämonen huschen davon, um unsere Befehle auszuführen. Ich sehe Lysandra an, ihre Augen leuchten vor Aufregung.

»Was ist mit einem Thronsaal?«, frage ich. »Ein Ort, an dem wir über unsere Untertanen herrschen können. Wir sollten ihn entsprechend einrichten lassen.«

»Ja!« stimmt Lysandra zu. »Aber er soll auch ein Ort der Versammlung sein, wo wir unsere Verbündeten empfangen können.«

»Natürlich«, sage ich. »Ein Ort, der Respekt und Furcht einflößt. Ein Ort, der zeigt, wer wir sind.«

Wir gehen weiter, unsere Gedanken und Visionen verschmelzen zu einem Plan, der diesen Ort in ein wahres Meisterwerk verwandeln wird. Ich fühle mich mächtiger und lebendiger als je zuvor. Mit Lysandra an meiner Seite und der Macht von drei Höllenprinzen in mir, weiß ich, dass nichts und niemand uns aufhalten kann.

»Wir werden hier Geschichte schreiben, Lys!«, sage ich, während wir weiter Hand in Hand durch unsere zukünftige Domäne gehen. »Eine Geschichte von Macht, Leidenschaft und Herrschaft. Dies wird der Beginn unserer Ewigkeit sein.«

Ein paar Stunden später ... Die Schatten der Nacht haben sich über die Hölle gelegt, und wir liegen in den ehemaligen Privatgemächern von Asmodeus – nun mein Reich, unser Reich. Die Seide der Laken fühlt sich kühl und geschmeidig unter meiner Haut an, ein Kontrast zu der Hitze, die zwischen Lysandra und mir brodelt.

»Wer wird wohl der nächste Prinz sein, dessen Macht ich in mir aufnehmen werde?« sinniere ich laut, während ich an der Decke des gewaltigen Raumes starre. Die Frage ist mehr an mich selbst gerichtet, ein Spiel mit den Möglichkeiten der Macht, die noch zu ergreifen ist.

Lysandra dreht sich zu mir um, ihr Haar fällt wie ein dunkler Schleier über ihre Schultern, und in ihrem Blick liegt eine Mischung aus Verführung und Herausforderung. Ihre Lippen formen ein Lächeln, ihre Augen leuchten im schwachen Licht der flackernden Kerzen. »Nun, als Erstes will ich deine Macht in mir aufnehmen ...«, haucht sie, während ihre Hand über meine Brust gleitet, tiefer wandert und mich fest umschließt.

Ein Schauer durchzieht mich, ein Gefühl, das weit über bloße Erregung hinausgeht. Sie weiß genau, was sie tut, und sie genießt es, mich in ihren Bann zu ziehen. Ihre Lippen treffen meine, wild, hungrig, voller Verlangen. Ihre Hitze dringt durch meine Haut, ihre Berührungen entfachen ein Feuer, das perfekt zu dem in mir passt.

»Du bist unersättlich, Lysandra«, flüstere ich, meine Stimme rau. Sie lächelt, spöttisch und selbstsicher, während ihre Finger über meine Brust fahren und feine rote Spuren hinterlassen. »Und du bist übermütig, Sam«, erwidert sie. »Aber genau das macht dich so begehrenswert.«

Meine Hände gleiten über ihren Körper, spüren

die weichen Linien ihrer Kurven, die perfekte Symmetrie ihrer Formen. Sie ist die Verkörperung von Macht und Lust, alles, was ich je gewollt habe – und mehr.

Ihre Hände wandern hinab zu meinem Schwanz, umfassen ihn, und ein triumphierendes Lächeln huscht über ihre Lippen, als sie spürt, wie schnell ich hart werde. »Du bist so vorhersehbar«, murmelt sie, während sie sich zu mir neigt, ihre Lippen gefährlich nah an meinem Ohr. »Aber das liebe ich an dir.«

Ihre Berührungen treiben mich an den Rand des Wahnsinns, jeder ihrer Griffe ist sicher, fordernd. Sie zieht sich zurück, lässt sich mit geschmeidigen Bewegungen auf das Bett sinken und gestikuliert herausfordernd, dass ich ihr folgen soll. Ihre Haltung ist entspannt, und doch strahlt sie eine unbezwingbare Macht aus, die mich magisch anzieht.

Ich knie mich vor sie, beuge mich hinab und küsse sie erneut, während meine Hände ihren Körper erkunden. Ihre Haut ist heiß, jede Berührung von ihr treibt das Verlangen in mir weiter an. Sie öffnet langsam ihre Beine, und ich sehe sie an – ihren Ausdruck, die Mischung aus Lust und Kontrolle, die nur sie beherrscht. »Nimm mich«, flüstert sie, ihre Stimme dunkel und voller Verlangen.

Ihre Finger führen mich zu ihr, und ich halte inne, spüre ihre feuchte Spalte, das Verlangen, das in jedem ihrer Bewegungen zittert und uns beide umschließt. Mit einem tiefen Atemzug gleite ich langsam in sie hinein. Ihre Wärme umgibt mich vollständig, und ein kehliges Stöhnen entweicht ihren Lippen.

»Sam«, flüstert sie, ihre Stimme durchzogen von Lust und Hingabe. Ihre Nägel graben sich leicht in meine Haut, ein Kribbeln aus Schmerz und Verlangen, das mich tiefer in ihren Bann zieht. Ich stoße tiefer, spüre ihre Beine, die sich fest um meine Hüften schlingen, während sie mich näher zu sich zieht.

Unsere Bewegungen werden synchron, ein Rhythmus aus Macht und Leidenschaft. Ihre Augen funkeln, und ihre Lippen formen ein stummes Flüstern, das mir alles sagt, was sie fühlt. Mit einem weiteren, kraftvollen Stoß lasse ich mich fallen, verliere mich in ihr, in diesem Moment, der uns vollständig vereint ...

Über den Autor:

Ed Berg, geboren 1983, ist ein Softwareentwickler, Computerspieler, Familienvater und Autor aus Bayern. Mit Ende 30 entdeckte er das Schreiben für sich.

Mehr Informationen zu Ed und seinen Büchern finden sich unter https://www.ed-berg.de

Social Media:

https://www.facebook.com/ed.berg.author
https://www.instagram.com/ed.berg.author
https://www.youtube.com/@Ed-Berg
https://www.tiktok.com/@ed.berg.author